W0372087

Hamid Skif wurde 1951 in Oran, Algerien, geboren. 1992 war er Mitbegründer der algerischen Journalistenvereinigung. Nach verschärften Zensurmaßnahmen durch die Regierung und einem Mordanschlag erhielt er 1997 von der Hamburger Stiftung für politisch Verfolgte und 1999 vom PEN-Club im Rahmen des Programms »Schriftsteller im Exil« ein Aufenthaltsstipendium in Hamburg, wo er seitdem lebt. Er erhielt 2006 den »Literatur im Exil«-Preis; »Geografie der Angst« wurde 2007 mit dem »Prix de l'association des écrivains de langue française« und dem »Prix du Roman Francophone« ausgezeichnet.

Hamid Skif

GEOGRAFIE DER ANGST

Roman

Aus dem Französischen
übersetzt von
Andreas Münzner

Edition Nautilus

Die in diesem Buch beschriebenen Ereignisse sind bis auf wenige Details authentisch. Sofern nötig, wird die Zeit ihre Echtheit bestätigen.

Die Originalausgabe des vorliegenden Buches erschien unter dem Titel »La Géographie du danger« bei editions naïve, Pierre Astier, Paris.
© 2006 by Hamid Skif

Liberté • Égalité • Fraternité
RÉPUBLIQUE FRANÇAISE

AMBASSADE DE FRANCE
EN
REPUBLIQUE FEDERALE
D'ALLEMAGNE

BUREAU DU LIVRE

Dieses Buch erscheint im Rahmen des Förderprogramms des französischen Außenministeriums, vertreten durch die Kulturabteilung der französischen Botschaft in Berlin.

Edition Nautilus
Verlag Lutz Schulenburg
Alte Holstenstraße 22
D-21031 Hamburg
www.edition-nautilus.de
Alle Rechte vorbehalten
© Lutz Schulenburg 2007
Umschlaggestaltung
Maja Bechert, Hamburg
www.majabechert.de
Autorenporträt Seite 2:
Christoph Piecha
Deutsche Erstausgabe
August 2007
Printed in Germany
by Fuldaer Verlagsanstalt

1. Auflage

ISBN 978-3-89401-548-0

Für Ursula Boehncke

Ne crains pas de naître
Ni de renaître
Le feu
S'il ne donne que la cendre
Allume aussi la clarté
Ton cri
Ceux que tu entends dans la forêt des âmes
N'est pas la moisson
Du malheur
Il est le signe qu'une porte s'est ouverte
Une porte que tu peux prendre
Glisse sur la terre
Va devant
Marche
La porte sera toujours ouverte
Si tu veux la voir

Fürchte nicht, geboren
Oder wiedergeboren zu werden
Auch wenn das Feuer
Nur Asche zurücklässt
Bringt es doch Klarheit
Dein Schrei
Den du im Seelenwald vernimmst
Ist nicht die Ernte
Des Unglücks
Er ist das Zeichen, dass sich eine Tür geöffnet hat
Eine Tür, die du nehmen kannst
Gleite über die Erde
Schau nach vorn
Lauf
Die Tür wird immer offen stehen
Wenn du sie sehen willst

Aus *Les exilés du matin / Exile der Frühe,*
Hamid Skif, 2005

1

Meine Reise begann unter einem kaum aufgegangenen Mond, in der schneidenden Kälte einer Winternacht. Wir marschierten durch den Schnee, die Füße in Lappen gewickelt, um mögliche Verfolger zu täuschen. Wir dürften, sagte der Führer, keinerlei Spuren hinterlassen. Unsere letzten Ersparnisse hatten wir dem Schlepper gegeben, einem schweigsamen Riesen mit vier nicht sehr geschwätzigen Komplizen als Untergebenen, die unsere Gruppe über verschneite Pässe und durch Waldgebiete führen sollten, bevor sie uns über Schleichwege schickten, nicht mehr als drei zugleich. Kein Wort war erlaubt. Wir mussten unsere Schmerzen verschweigen, durften nicht stöhnen, wenn eine Flintspitze uns hinter zusammengebissenen Zähnen einen Schrei entlocken wollte; kaum atmen, diese Dampfwolken aushauchen, die bewegliche Kamine aus uns machten, einer an den anderen geklammert, damit wir nicht stürzten. Wir waren gewarnt: Wer ausglitt, würde am Wegrand zurückgelassen. Wir hatten zu viel bezahlt, um so kurz vor dem Ziel zusammenzubrechen. Wir mussten um jeden Preis weitergehen, durften nicht überlegen, nur immer weitermarschieren. Der Schlepper hatte nicht gelogen. Die Skelette am Rand des Pfads, kaum eine Furche, bestätigten seine Worte. Die Grenzwächter schossen auf jeden Schatten. Wir mussten immer in Bewegung bleiben, durften nie stehen bleiben. Diejenigen, die Pech hatten und austreten mussten, würden in die Hose machen. Es gibt größere Gefahren als zu stinken.

Vor dem Morgengrauen hatten wir den höchsten Punkt überschritten. Wir mussten den anderen Hang wieder hinunter, immer noch aneinandergebunden. Wenn einer von uns einen Schritt danebensetzte, konnten wir am Boden der Schlucht zerschellen, in einen Sturz gerissen, den nur wenige überleben würden. Trotz der Steilheit mussten wir rennen, über Hindernisse springen, und der schwindelerregende Hang machte unsere Füße zu blutenden Fleischklumpen. Wir durften unsere Schuhe, die uns um den Hals hingen, erst wieder auf der Landstraße anziehen. Einen Illegalen erkennt man am Zustand seiner Latschen. Unsere waren neu, vom Schlepper bereitgestellt, inbegriffen im Pauschalpreis für die Überquerung.

Um einen guten Eindruck zu erwecken, hatte er uns mit einer Wegzehrung versorgt. Einen Illegalen erkennt man an seiner Blässe. Der Hunger konnte uns nichts anhaben. Wir waren daran gewöhnt. Die Kälte hier verdoppelte seine Wirkung. Der wirkliche Feind war die Angst, die uns wie eine geschliffene Klinge am Hals saß und unsere Eingeweide zu einem Knoten zusammenzog. Eine Kugel, eine einzige, macht Angst. Es war zum in die Hosen Pissen, zum stündlich Kotzen, ohne aufzuhören zu rennen. Diese Scheißangst tut weh, auch wenn nichts kommt außer der Galle aus schlechten Zeiten.

Ich machte mir im Rennen in die Hose. Der Gestank war so stark, dass mir schwindlig wurde. Warum war ich da? Wir mussten pausenlos weiterhetzen, um auf die andere Seite zu gelangen. In meinem Hirn dröhnte der Lärm meiner Jugend, von der nur diese überstürzte Flucht vor dem Elend der Gefängnisse und dem Mangel an Essbarem geblieben ist, dem quälenden Refrain unserer Tage. Ich sah meine Familie vor mir, wie sie um Ruhe bat vor dem Knurren der Bäuche, um im Sterben die Würde zu finden, die der Hunger ihnen verwehrte. Ich konnte nur noch abhauen. Immer weiterhasten, nie zurückschauen und innerhalb einer Frostnacht und eines Tags der Erschöpfung diese Strecke hinter mich bringen, die mich vom Brot trennte, das mein Mund nicht hatte finden können.

Bis zum Rand des Waldgebiets hatten wir zwei Männer und eine junge Frau verloren, die kaum der blühenden Jugend entwachsen war. Die Hoffnung auf Erholung wurde vom lauten Abzählgemurmel des Führers gedämpft, der uns in der Anfangsreihenfolge aufstellen ließ. Pausen waren gefährlich, manche riskierten, dabei einzuschlafen. Wenn ich ein Wort von dieser Überquerung behalte, einen dieser verfluchten energischen Befehle, ist es gewiss dieses »Ihr dürft nicht«, das der Leithammel immer wieder über unseren Köpfen knallen ließ. Die Durchquerung des Waldes erfolgte im Laufschritt. Wir spürten unsere Füße nicht mehr, nur noch die Kratzer der Dornen im Gesicht. Auf Stirn und Wangen perlten Blutstropfen. Wir durften uns nicht umdrehen. Nach der Grenzwache konnten uns jetzt die Jäger aufs Korn nehmen. Verwirrt nahmen wir seltene helle Schneisen wahr, die unseren Weg im Wald querten und den Gewaltmarsch mit dem Gezwitscher von Vögeln begleiteten, aufgeschreckt von dieser erbärmlichen, wachsam voranhetzenden Kolonne, die angespannt horchend über die Lichtungen sprang. Die Reise durch dieses Volk von Bäumen, Schlammlöchern und Moränen dauerte einen Tag.

Endlich kamen wir im Lager an, einer Schicksalsscheune mit Strohlagern. Wir durften einen Imbiss zu uns nehmen und aus einem Kanister mit Regenwasser unseren Durst stillen. Ich konnte mich endlich meines Gestanks entledigen, der meine Begleiter das Gesicht verziehen ließ.

Ich war mit neuen Schuhen in dieses Land gekommen, die mir zum Heulen wehtaten, mit hängenden Armen, zerrissener Jacke, in die Ferne gerichtetem Blick. Der Führer hatte gesagt: den Kopf heben, damit du nicht so verschüchtert aussiehst wie ein Illegaler. Wir mussten den Bus nehmen, dann in den Zug steigen und eine auf einen Zettel gekritzelte Adresse zeigen, dabei den Hunger herunterschlucken, die Angst beiseiteschieben, sie zermörsern und tief ein- und ausatmen, die Hände in den Taschen. So zittern sie nicht beim Anblick der ersten Uniform.

Vier Jahre lebe ich nun hier. Die Angst ist mir in

Fleisch und Blut übergegangen. Sie weist mich auf Gefahren hin und ich bin ihr dankbar, dass sie mich begleitet. Ohne sie wäre ich verloren. Ich habe einen Haufen Schicksalsgenossen gesehen, verraten von den wahnwitzigen Versprechungen der Unbekümmertheit. Ich halte meine Angst an der Leine. Manchmal reden wir. Es tut gut, mit jemandem zu reden.

Auf dem letzten Hof, auf dem ich meine Fron geleistet habe, ließ mich der Bauer tagsüber schwitzen und in der Nacht schloss er mich im Stall ein unter dem Vorwand, die Polizei habe Illegale in der Region gemeldet. Er wollte keine Scherereien haben. In diesem Jahr gab er mir fast nichts zu essen und kaum etwas Anständiges anzuziehen. Und doch sehne ich mich zurück nach dem Landleben. Ich konnte mich ins Gras fläzen, die Milch den Kühen direkt vom Euter trinken und mit den Hunden spielen.

Jetzt schleiche ich die Mauern entlang und verkrieche mich bei Einbruch der Dunkelheit, ich verweigere jeden Kontakt und vermeide alles, was in dieser Geografie der Angst auf meine Existenz aufmerksam machen könnte: Bahnhöfe, Einwanderergettos, Metrostationen, heiße Viertel, Bars, Eingänge von Kaufhäusern, Stadien oder zwielichtige Dancings. Ich habe keinen Namen mehr, keinen Vornamen, nur noch je nach Bedarf geänderte Pseudonyme. Die Nachnamen, die ich mir gebe, sind abhängig vom Arbeitgeber. Ich bin Türke, Araber, Berber, Iraner, Kurde, Zigeuner, Kubaner, Bosnier, Albaner, Rumäne, Tschetschene, Mexikaner, Brasilianer oder Chilene, je nach Bedarf. Ich bin ein Bewohner der Orte meiner Metamorphosen. Die Sprachen sind nicht sehr wichtig. Es genügt, das Vokabular aus dem Sklavenwörterbuch zu kennen: Arbeit, keine Arbeit, tragen, waschen, kratzen, ausleeren, aufladen, abladen, schneiden, brechen, aufbauen, putzen, abbauen, malen, nageln, abreißen, Pause, essen, bezahlen, Ruhe, sich verstecken, schweigen, kommen, gehen, fertig, nicht mehr kommen, wie viel? Der Job dauert eine Woche oder allerhöchstens zwei. Durch die verstärkten Kontrollen leben wir in einem ruhelosen Nebeneinander. Wenn der Zufall uns einander begegnen lässt, kennen wir uns nicht. Warum Anerkennung zollen für ein Lächeln, für einen Umgang, der menschlicher ist als der, den andere mit uns pflegen? Ist es nicht besser so?

Ich habe Glück gehabt: Die Krankheit hat mich verschont. Erkältungen, eine oder zwei Grippen, mehr nicht. Keine dieser Beschwerden, wegen derer man durch die Schiebetüren der Krankenhäuser geschoben wird, Hinterhalte, die einen zwingen, Identität und Sozialversicherungsnummer anzugeben, unentrinnbare Mausefallen, in denen einen der Erstbeste aufgreifen kann. Viele Illegale fahren schwarz, ich habe das nie getan. Wenn ich das Geld nicht habe, gehe ich zu Fuß. Man muss vermeiden, sich wegen einer Lappalie schnappen zu lassen. Eine unbezahlte Fahrkarte, und es kommt unweigerlich zur Überprüfung der Papiere. Ich bin diesen Anfängerfallen ausgewichen und habe sogar darauf geachtet, mich in der Metro oder im Bus nicht neben einen Ausgewanderten zu setzen. Einer ist viel. Zwei sind zu viel.

Ich habe keine Freunde. Ich lebe allein, esse allein, rede allein, schlafe allein, spaziere allein herum und kleide mich ohne den großtuerischen Luxus der Armen, der ewigen Sonntagsgänger, die zeigen wollen, dass sie elegant sein können; ich halte mich immer weniger an öffentlichen Orten auf, gebe nie meine Adresse an, oder immer eine andere, eine Selbstverständlichkeit; zeige mich von ausgesuchter Höflichkeit gegenüber Alten und Kindern, eine Natürlichkeit. Ich frage mich, ob ich nicht ein wenig übertreibe. Es ist der einzige Luxus, den ich mir erlauben kann.

Einmal jeden Monat gehe ich zu den Huren und lasse meine angestauten Stürme ab. Ich nehme die Älteste der Straße, eine, der man nichts mehr vormachen kann, die keine Fragen stellt, still ihre Arbeit macht und höchstens besorgt ist, ob es auch recht war. Ich entlohne sie mit einem breiten Ja und drücke ihr neben dem Entgelt eine Münze in die Hand, damit sie ein Glas heben kann auf das Wohl desjenigen, der sich entleert hat. Ich habe ein besonderes Faible für alte Kerzen, für ihr Geschick und ihre vorgetäuschte Gleichgültigkeit.

Seit einem Monat gehe ich nur noch nachts aus, wobei ich darauf achte, dass die Holztreppen nicht knarren. Mit über die Augen heruntergezogener Hutkrempe mache ich ein paar Schritte in der Dunkelheit. Es kommt auch vor, dass ich renne, um die Bewegung der Beine zu spüren. Ich komme auf anderen Wegen zurück, mache vorsichtig die Haustür auf, gleite hinein, steige ohne ein Geräusch zu machen von Stockwerk zu Stockwerk, auf die Atmung der Wohnungen horchend, auf das Schlurfen von Pantoffeln über das Parkett. Mein Spaziergang dauert eine Viertelstunde, höchstens zwanzig Minuten, nie zur selben Stunde am selben Wochentag. Alles geschieht wohlüberlegt. Ein Ausgang pro Woche.

Die Kontrollen sind unerbittlich geworden. Ich lebe von meinen letzten Reserven in einem Dienstmädchenzimmer, das ein Sympathisant einer verlorenen Sache unter falschem Namen für mich gemietet hat. Er besucht mich, wenn er Zeit hat, bringt Vorräte mit und Zeitungen, die ich mühsam mit einer Taschenlampe entziffere. Der Strom ist seit Monaten abgestellt. Auch wenn sie den Strom wieder einschalteten, es stünde außer Frage, Licht zu machen. Der Ort soll so aussehen, als würde er nur ab und zu von meinem Wohltäter bewohnt. Michel Delbin, Geologiestudent, möchte eines Tages in meinem Land schürfen. Zur Zeit arbeitet er mit einer Gruppe an einem Projekt, das Tektonik, Petrologie, Geochemie, Geochronologie und Geomathematik miteinander verbindet, und feilt an Modellen zur Simulation der Erosion, die die Topografie der Dritten Welt zerstört.

Er erzählte mir, das Parlament würde demnächst drakonische Gesetze verabschieden. Ich muss mir diesbezüglich keine Sorgen machen. Ich werde nie eine Aufenthaltsgenehmigung erhalten, und mein Personalausweis kann höchstens einen kurzsichtigen Beamten täuschen. Eines Nachts ist es dazu gekommen, als mich meine Müdigkeit auf eine Bank hatte sinken lassen. Ich fürchte mich hingegen vor dem Tag, an dem ich erneut Arbeit suchen muss. Ich habe keinen Sou mehr und Michel kann trotz seiner Großzügigkeit nicht auch noch meine Unkosten bestreiten. Ich muss mich gedulden, hoffen, dass der Mühlstein der Kontrollen aufhört sich zu drehen, sich wenigstens verlangsamt. Bei dieser Drehgeschwindigkeit werden sie das Reservoir an disziplinierten Sklaven, die ihre Beleidigungen noch als Nettigkeiten hinnehmen, bald aufgebraucht haben.

Nach Stalljunge war ich Boy in Villen, Spüler in Kneipen, Pfleger von kranken Hunden, Marienkäferzüchter für einen Naturschützer und Handlanger zwischen den Becken eines Atomkraftwerks, wobei ich die unbändige Lust unterdrückte, mein Ingenieursdiplom zu zeigen, aus Angst, die Arbeitgeber könnten ihre Zähne zeigen. Je gebildeter du bist, desto eher demütigen sie dich. Es ist überall dasselbe.

Zu Hause unten, wo ich die Liga der arbeitslosen Studienabgänger leitete, stieß ich auf dieselben Verkrampfungen. Der Unterschied: Hier kann ich essen. Nur was eigentlich? Mein Leben.

Mein Leben besteht darin, dass ich aus dem Fenster schaue, wie der Regen fällt, fällt und fällt. Wie das Schweigen auf die Schultern eines jungen Mannes mit weißen Haaren in diesem Zimmer, wo Bücher herumliegen, alte Zeitungen, Kleider vom Roten Kreuz und ein kaputtes Fahrrad, dessen Rädern ich Schwung gebe, in der Hoffnung, sie hielten bei der Gewinnzahl; während ich mich von Konserven ernähre, mehrere Tage alte Fritten esse, in der Hoffnung, die Tür werde sich irgendwann vor einer riesigen Sonne öffnen, auf der Orangenbäume wachsen, deren Früchte ich pflücke, um sie den bettelnden Händen zu schenken, die durch meine Nächte geistern.

In einer Kartonschachtel stapeln sich Briefe an imaginäre Geliebte. Die ersten waren mehrere Seiten lang. Die letzten sind bündiger geworden. Die Schrift immer unleserlicher. Am Ende waren es nur noch zehn bis zwanzig auf gebrauchtes Papier gekritzelte Zeilen. Diejenigen, die mir nicht gefielen, habe ich ausradiert. Die Adressaten wechselten oft Wohnort und Namen. Die Spuren verwischen. Sich nicht von einem Gegenüber festnageln lassen, die Monotonie durchbrechen. Das Briefeschreiben hielt das Feuer am Brennen. Nichts anderes zu tun als zu warten, ist gefährlich.

Ich erfand wirre Geschichten, beschrieb der einen Geliebten meine Besitztümer, der anderen meine ewigen Ferien. Ich stelle mich mit meinem Titel vor, vermeide aber zu erwähnen, dass ich keine Gelegenheit hatte, den Beruf auszuüben. Ich bin Elektroingenieur für virtuelle Systeme, aber was nützt es, das zu erzählen? Ich bin schlicht und einfach ein Ingenieur, der seinen Vertrag mit dem Arbeitgeber gebrochen hat, weil dieser meine Urheberschaft einer Erfindung nicht anerkennen wollte. Es handelt sich um einen Detektor für Illegale, ein Gerät von voraussichtlich nicht geringem Nutzen. Das Unternehmen, das mich beschäftigte, versuchte mich zur Aussage zu verleiten, es handle sich um eine verbesserte Nachbildung eines Lügendetektors. Ich habe nicht nachgegeben. Es kommt nicht in Frage, sich von einer Bande von Gaunern ausnehmen zu lassen. Die Mistkerle wollten mich entsorgen, sie wollten mich ausspucken wie den Kern einer Wassermelone, um sich die Rechte zu sichern. Jetzt prozessiere ich gegen sie. Das wird dauern, aber da kann man nichts machen. Sie werden das zerschlagene Geschirr bezahlen. Die Geschichte spricht sich langsam herum, die Zeitungen reden davon und die Polizei prüft die Eigenschaften des Geräts. Die Militärs wollen es zur Erkennung falscher Soldaten einsetzen.

In sechs Monaten, spätestens in einem Jahr, werde ich meinen Freundinnen Ferien anbieten können. Eine von ihnen fesselt gerade meine Aufmerksamkeit. Ich habe ihr lange Briefe geschrieben, die ohne Antwort blieben. Aus gutem Grund. Sie muss extrem beschäftigt sein, und dann, wer bin ich schon, ihr vorzuschlagen, mit mir zu verreisen, mit einem angeblichen Elektroingenieur, der sich seit einem Monat einschließt, weil er sich von den Illegalendetektoren in den Straßen nicht erwischen lassen will? Ja, wer bin ich überhaupt? Ein armer Teufel, die verfaulte Frucht einer Überfahrt, zufälliger Kunde eines Schleppers aus Tanger, des arroganten Einarmigen in seiner Dschellaba aus gestreifter Seide, der einem Haufen Unglücklicher seine Ammenmärchen über gute Verbindungen erzählte, über seine zwielichtigen Liebschaften und seine Genugtuung, der Menschheit einen Dienst zu erweisen. Er hat uns dem Löwen in den Rachen geworfen, und dabei hat er das Geld eingesteckt, uns seinem Komplizen übergeben, dem schweigsamen Spanier, und aus der Ferne die Überquerung der Pyrenäen eingefädelt. Es ist nur wegen dieser stadtbekannten Söldner der Desillusionierung, dass ich in dieser Bude gefangen sitze. Sie haben uns echte Papiere versprochen und ein gutes Leben, und als Prämie die Begegnung mit Hassan Papillon*, »einem wahren Bruder«, wie sie sagten.

Ich werde mir ein Paar neue Schuhe kaufen, sie um meinen Hals hängen und wieder zurück über die Meerenge fahren, auf der Suche nach dem Einarmigen. Ich werde ihn in seiner Dschellaba vor dem Eingang jenes verrufenen Hotels, das ihm als Schlupfwinkel dient, erwürgen. Dann werde ich nach Hause zurückkehren können, glücklich darüber, die Welt von diesem prosperierenden Halunken befreit zu haben, und endlich schlafen, nachdem ich die Lügenartikel zerrissen habe, die Hassans spektakulären Erfolg feiern. All das ist nur ein Köder für Idioten, die glauben, aus ihrem Schwanz ein Arbeitsinstrument machen zu können. Es sind Tausende, die Jugendlichen hinter dem Meer, die ihn reiben, polieren, herausputzen, die aufwändige Übungen mit ihm anstellen und ihn mit umfunktionierten Staubsaugern in die Länge ziehen. Und dennoch haben die fröhlichen Schwänze eines Hassan Papillon und eines Kamil

* dt. Schmetterling

Hosenschlitz keine Wunder vollbracht. Sie haben gerade mal ein paar Kurzzeitverpflichtungen absolviert, zum Basistarif bezahlt von Rentnerinnen mit Entzugserscheinungen, die sich ihre Dienste ins Haus holen, oder von Mindestlohnempfängerinnen, angelockt von der prahlerischen Propaganda dieser schlappen Nummern. Die Stadt behält keine blendende Erinnerung an ihr Auftauchen. Es waren arme Schlucker, gerade noch gut genug, um über die fabelhaften Fähigkeiten ihres Geschlechtsteils zu schwadronieren, sich einen Kranz zu winden, weil sie faltigen Damen ein paar aus ihren rauen Handflächen gezauberte Zärtlichkeiten verkauft haben. Eine ganze Jugend ist ihren Scheinepen aufgesessen. Am Abend, den Hintern auf dem Gehsteig, die Flasche schlechten Weins schon leer, beschworen wir ihre Erfolge und träumten davon, eines Tages so zu werden wie sie, diese Jahrmarktgigolos.

2

Heute Morgen kam Michel. Wir verbrachten den Vormittag mit Plaudern, dann ging er und ließ mich in meiner Einsamkeit zurück. Er hat mir den erwarteten Transistor gebracht, Zeitschriften, einige Bücher, Vorräte und vor allem ein dickes Heft, was mich sehr freute. Ich war beschämt, aber ich tat alles, um meine Verlegenheit zu verbergen. Er benutzte leidenschaftliche Worte, um mich davon zu überzeugen, dass er nur seine Pflicht tue. Nach seinem Weggang betete ich, der Tod möge mich von der Last meines Lebens befreien, dann setzte ich die Kopfhörer auf und schaltete das Radio an. Die Nachbarn dürfen auf keinen Fall von meiner Anwesenheit erfahren.

Heute Nacht bin ich plötzlich aufgeschreckt. Ich glaubte, die Stimme von Kamil Hosenschlitz zu hören, Hassan Papillons Freund, der schlimmere der beiden, ein Kerl ohne Skrupel und ein abgefeimter Lügner. Warum hat Kamil Hosenschlitz diese Zeilen geschrieben? An wen hat er sie gerichtet? Werde ich es eines Tages erfahren? Ich habe mir die Mühe gemacht, einen Teil von Kamils Erinnerungen, oder eher seiner Prahlereien, ins Reine zu schreiben. Ich zögerte, bevor ich den folgenden Abschnitt in mein Heft übertrug. Man muss sich ja beschäftigen, den Kopf mit Wörtern füllen, die Finger bewegen, bis die Augen tränen, um nicht die Kaffeekanne gegen die Wand zu schmeißen. Zufällig in diese Stadt zurückgekommen, behauptet Kamil Hosenschlitz, sei er eines Tages auf die Nachricht vom Selbstmord seines besten Freundes gestoßen:

Er hatte sich nach dem Verspeisen einer Käsepizza aus dem einundzwanzigsten Stock eines im Bau befindlichen Hauses gestürzt. Man fand die Adresse des Lieferdienstes auf der Schachtel, in der die Pizza geliefert wurde, und darunter lag das Mobiltelefon, mit dem Hassan Papillon sie bestellt hatte. Ich kannte die Stadt, da ich mit Hassan Papillon hier angekommen war, dem andalusischen Sänger, der ständig damit beschäftigt war, seine Krawatte zurechtzurücken, und seitdem er keine mehr hatte, eine um den Hals gebundene Serviette. Der Rausch muss wohl denkwürdig gewesen sein, zumal ich Hassan in einem Wanderbordell voll melancholischer Horizontalgewerblerinnen verloren hatte. Die Wohnwagen standen am Hafeneingang und wurden von Steuerbeamten bewacht, die die Abgaben auf jeden Fick einnehmen sollten und dabei aufpassten, dass es zu keinen Unregelmäßigkeiten und zu keiner Philanthropie kam.

In dieser Metropole belastete sich Hassan Papillon nicht zu sehr mit müßigen Fragen nach dem Geschlecht seiner Partner. »Alles, was auf Erden geschaffen wurde, ist gut zum Nehmen«, sagte dieser Clown mit einem genießerischen Unterton. Ich weiß nicht, ob Gott ihm etwas bedeutete. Er glaubte an die Schmetterlinge, und das genügte ihm vollauf.

Mit dieser Religion konnte er von einem Bett zum nächsten hüpfen und sich einer Bekanntschaft entledigen, wie man eine Jacke auszieht. Seine Bekanntheit ärgerte mich. Ich konnte nicht fassen, dass sein Ruf, der sich bis dahin aus Streichen an Altersheimbewohnerinnen genährt hatte, so groß war in einer Stadt, die bekanntlich nur den Trägern bewunderungswürdiger Attribute zu Füßen liegt. Die seinen waren trotz der über ihn verbreiteten Gerüchte von durchaus bescheidener Natur. Wenn er nicht im selben Dorf geboren wäre wie ich, hätte ich gesagt: unbedeutend. Der Kauz profitierte von einem Zusammentreffen mehrerer Umstände. Per Zufall fand ich in einem vorzeitlichen Fotoapparat ein altes Bild von uns beiden. Hassan besaß zwar ausgeprägte Stimmbänder, aber der Abzug zeigt, dass er im Übrigen einpacken konnte.

Wenn Hassan auf diese Art verschwand, hatte er gute Gründe dafür. Seine täglichen Anbiederungen und seine Manie, eine Überlegenheit vorzugaukeln, die höchstens relativ war, eine auf Kosten seiner vielen Mätressen gepflegte Mythomanie, wurden von seinen Rivalen zu Recht mit Gleichgültigkeit bedacht. Ich vermute, dass sein zusammengemausertes Vermögen für die, die beschlossen, seinen Sturz zu beschleunigen, eine nicht geringe Rolle spielte. Am Anfang von Hassans Untergang, der bis an die übelsten Grenzen getrieben wurde, stand sein beachtlicher Erfolg. Da er sich auf der zweiten Podeststufe nicht entfalten konnte – das hätte seinen Künstlerstolz verletzt –, spielte er den Dauerdarsteller und erzählte jedem, der es hören wollte, dass er sich durch Tricks, von denen ich nichts weiß, das Erbe von in ihre Gräber gestoßenen oder für den Rest ihres armen Lebens in Luxuskli-

niken eingeschlossenen Mätressen erschlichen hatte. Vor seinem Weggang habe er ein Geständnis diktiert, von dem ich allerdings keine Spuren fand. Kann sein, dass er es vergraben oder einem Schweizer Bankier anvertraut hat.

Jetzt, da mein Freund nicht mehr ist, kann ich bestätigen, dass die Erbschaft gesichert ist. Ich habe in verschiedenen Blättern Anzeigen geschaltet, in denen ich mit wohlgesetzten Worten – ich möchte niemanden verletzen – durchblicken ließ, dass die vom Verstorbenen gegründete Firma weiterhin besteht, auch wenn dies eventuellen Verleumdern missfallen wird. Trotz seiner Fehler war er aus meinem Dorf, und diese Nähe, das heißt diese ungefähre Verwandtschaft, ermächtigt mich, nicht wahr, sein Werk fortzuführen. Ich muss – die Zeit möge mir helfen, und Geduld dafür habe ich genug – die Spur seines versteckten Vermögens finden. In seinem Dorf kann man sich nicht vorstellen, dass ein solcher Mann verschwindet, ohne bare Münze zu hinterlassen.

In Anbetracht meiner dürftigen Mittel mietete ich in einem passenden Gebäude ein Studio. Die Damen werfen sich in meine Arme und gehen wieder, glücklich und durchgewalkt, mit nur einer Idee im Kopf: in ihrem Kalender die nächste Sitzung einzutragen. Ich erwähne hier Details, bei denen man glauben könnte, ich fabuliere und mache mir die unschönen Gewohnheiten meines seligen Freundes zu eigen. In Kürze werden Hausbesuche die Sprechstunden in der Praxis ablösen. Ich werde so die Seide ihrer Bettwäsche befühlen und die Dicke ihres Portemonnaies prüfen können. Die Musterschülerinnen und die Abgebrannten werde ich aussortieren müssen. Ich werde diejenigen behalten, die durch ihre Beziehungen und das Charisma ihres Bankkontos eine meinem Stand gemäße Klientel bilden. Die Aufgabe ist umso einfacher, als mein Vorgänger trotz der Mängel seines Vorgehens den Weg geebnet hat. Ich werde hingegen ziemlich zu tun haben, um einen Ansturm von Landsleuten zu vermeiden, die in seine Fußstapfen treten möchten. Geschick wird gefragt sein, wenn es darum geht, sie davon zu überzeugen, dass die Arbeit die Mühe nicht wert ist. Um diese Kuhbauern verschwinden zu lassen, werde ich handfeste Methoden anwenden, willkürliches Zusammenschlagen oder anonyme Denunzierungen bei den Einwanderungsbehörden. Ein so fragiler Markt vertrüge nur schlecht das Eindringen fremder Elemente.

Erfahrungsgemäß werde ich aufpassen bei Liebhabern, die nur ihre Sammlungen vervollständigen wollen. Bei genauerem Hinsehen müsste ich auch – der Rat ist nicht übertrieben – gerissene Homosexuelle meiden, diese eifersüchtigen Tunten, jähzornige Gierschlünde, die zu den schlimmsten Schandtaten fähig sind, insbesondere zu der, mir einen dreckigen Ruf zu verschaffen. Man findet diese Heimlichtuer in allen Klassen, zu ihrer Schwäche stehen können sie hingegen nur an einschlägigen Orten: in Pissoirs, Dampfbädern, Umkleidekabinen, verruchten Bars, wo sie aus reiner Gedankenlosigkeit vergessen, ihr Bein von deinem zu lösen, und schließlich ihre gierigen Hände in deinen Hosenschlitz krallen.

Es gibt auch Elegantere, geharnischt mit guten Manieren, die ihre Erscheinung und Sprache pflegen, zu gut erzogen, den beabsichtigten Ausgang des Treffens im Voraus bekannt zu geben. Sie sind die Interessantesten. Sie verfügen über einen diskreten Reichtum und eine zuvorkommende Wortwahl. Bei ihnen besteht kein Anlass zur Sorge. Die Angst vor einem Skandal lässt sie sofort bis auf den letzten Sou bezahlen und bei ungenügender Ration nur schwach protestieren. Ihr Umgang verlangt, dass man sowohl seinen Hinter- als auch seinen Vordermann stellt, zu ein paar Zugeständnissen muss man sich bei der Ausübung dieser Tätigkeit nun einmal zwingen.

Eine Zeitschrift, die ihren Ruf nicht mehr verlieren kann, hat mich gebeten, eine Prise meiner Geständnisse zu liefern, um ihre Seiten zu würzen. Ich habe mich geweigert, die Suppe zu servieren. Meine Kundschaft würde es mir übel nehmen, ihre Zuneigung zu verhökern. Wenn man diesen Beruf ausübt, muss man sich hüten, Großtaten auszuposaunen. Es versteht sich von selbst, dass ich meine Überlegungen zum Sex, diesem unvorhersehbaren Ruder des Weltgeschehens, für mich behalte und sie vor den Angriffen der Klatschkolumnisten schütze, diesen dilettantischen Sammlern destillierter Ausrutscher auf der zweifelhaften Suche nach Ruhm und Ehre.

Ich habe es mir zur Gewohnheit gemacht, nach befriedigter Morgenerektion kurz meine Gedanken zu notieren. Sie zeigten, würden sie veröffentlicht, ein beachtliches Spektrum an aktuellen Tendenzen akzeptierter Sexualität im Sinn echter Kunst. Betrübt lese ich diese Werke, deren Autoren die Sexualität nur in der Bewegung ihres Bleistifts spüren und nichts wissen von den Strategien und Genüssen, die sie bereiten kann. Man hüte sich davor, Beliebige darüber referieren zu lassen. Die Praxis verlangt Fingerspitzengefühl und ein vertieftes Wissen nicht um die Techniken – sie stehen in Reichweite jedes

Erstbesten, die Kioske quellen über von andeutungsreichen Handbüchern –, sondern um die Philosophie. Man hat nicht das Geschlecht, das man sich wünscht. Es gibt Alchimisten, Übermenschen, Weise. Die Unwissenden werden ein Leben lang knotige, zum Absterben verurteilte Äste bleiben, deren Saft versiegt ist, ohne dass sie je etwas Gutes getan hätten.

Aus meiner Sicht ist Sex weder ein Werkzeug noch eine Philosophie. Sex ist seinem Wesen nach die Synthese dieser widersprüchlichen Elemente. Freud ließ verlauten, die Sexualität und das Heilige seien miteinander verbunden. Ich begriff spät, wie recht er hatte. Die Heiligen weiblichen wie männlichen Geschlechts haben eine verflixt feste Umarmung, wobei sie diese der Anziehung verdanken, die die Masse der schlecht Gebumsten für ihre fantastischen Fähigkeiten verspürt. So kopuliere ich täglich mit einem nicht alltäglichen Appetit, dank einem Geschlecht von einer phänomenalen Kadenz, wobei ich die Ressourcen, die andere Hedonisten mir neiden, aus der Weisheit schöpfe. Ich habe ein fröhliches Geschlecht, das sich ohne Exzesse hingeben kann und doch ernsthaft ist, wenn es heißt, fleißig seine Aufgabe zu tun. Es hat nichts zu befürchten von den Scherzen und Grimassen junger Kerle, die gern Streit suchen, sobald ihnen ein exquisiter Schlitz sein Gesichtchen enthüllt. Oft fallen sie in sich zusammen, sobald sie wie törichte Widder gewütet und ihre Arbeit ohne Atem zu holen hingepfuscht haben. Mit einem Wort, es fehlt ihnen weder Fantasie noch Kühnheit, das kann ich bezeugen, sondern Philosophie. Ein Geschlecht ohne Weltanschauung ist eine Katastrophe. Was übrigens auch die drängenden Fragen der Studentinnen erklärt, die von meinen Lehren profitieren wollen. Ich ahne, dass mich in Kürze die Universität berufen wird, damit ich zwischen zwei Hausbesuchen die Hauptvorlesung halte, die sie von einem derart erfahrenen Professor erwarten kann.

Wegen Drogenhandels gesucht, sei Kamil Hosenschlitz, der Autor dieser Zeilen, eines Julimorgens von einem Lastwagen überfahren und getötet worden, erzählte mir der Makak von Tanger. Ich verdächtige ihn jedoch, die Spuren seiner eigenen Missetaten zu verwischen, indem er Figuren erfindet und ihnen seine eigenen Schrullen unterschiebt.

3

Den Tag mit Lesen und Musik Hören verbracht. Die Batterien haben keinen Saft mehr. Ich muss die, die mir bleiben, aufbewahren. Ich bin erneut auf den Stuhl gestiegen, um die Fenster gegenüber zu beobachten. Die Frau aus dem zweiten Stock schreibt immer noch auf ihrer Maschine und wehrt die Angriffe der Katzen ab. Der Dicke daneben hat ein Fußballspiel geguckt und dabei sein Bier geschlürft. Im Erdgeschoss beobachtet die kleine Alte ständig die Straße. Man errät es an der kaum wahrnehmbaren Bewegung der Vorhänge.

Heute Nacht habe ich im Traum den einarmigen Schlepper gesehen, wie er am Ende des Piers saß. Er zog eine Rauchwolke aus seiner langen Pfeife. Als ich mich näherte, nahm er einen Stoß gelbe Blätter und warf sie auf das schwarze Wasser des Hafens. »Junger Mann«, sagte er mir, »schau, woraus ein Menschenleben gemacht ist. So geht meins dahin. Wenn du Lust hast, hol diese Blätter heraus, bevor die Fluten ihre Tinte trinken. Sie werden dich traurige Geheimnisse lehren. Mein Leben werfe ich so dahin. Es war zu nichts nütze. Jetzt gehe ich fort und drehe am Rad der Zeit. Bald, morgen vielleicht, wird man mich am Totenholz erhängt finden. Ich bin unglücklich, weil ich nicht für eine Unze bedaure, was ich getan habe.«

Ich fragte ihn, ob er mich erkenne. Er antwortete: »Alle, die zu mir kommen, sind meine Söhne. Wie könnte ich sie verleugnen? Ihr kommt alle eines Tages zurück, um mich zu sehen, aber ihr irrt. Ich habe nichts mehr zu geben als hohle Träume, Fetzen von Wunschbildern. Ihr und ich, wir wurden getäuscht. Unser Leben wurde uns gestohlen. Geh jetzt, dreh dich nicht um; komm nicht wieder auf diesen Kai. Geh geradeaus. Am Ende der Straße erwartet dich eine Frau. Erzähl ihr nie von mir. Sie wird es dir danken.«

Ich bin ins trübe Wasser gesprungen und habe die Blätter, die er hineingeworfen hatte, eins nach dem anderen herausgefischt. Noch im Morgengrauen saß ich bei der Abschrift und versuchte, die verwischten Wörter zu entziffern. Ich knüpfe und entwirre die Fäden einer Handlung aus unwahrscheinlichen Geschichten. Alles lässt vermuten, ich schüfe Neues. Dabei flicke ich nur eine tausendfach durchlöcherte Erinnerung zusammen, eine rostige Käsereibe, die im Dunkel einer Schublade liegen gelassen wurde.

Die einfachsten Bewohner der Stadt wissen alles über das Schicksal der traurigen Gestalt, die aus Tanger ihren Schlupfwinkel machte, aber ich ziehe es vor, ihr das Wort zu erteilen und meine Rechnungen später zu begleichen. Als Einstieg könnte er etwa sagen:

An meinem Lebensabend wohne ich in Tanger, nicht weit vom Hafen, hinter dem Platz der Palmen, über deren Büschel ich aus dem Zimmer im dritten Stock eines Hotels schaue, das einst der Palast von Madame Cohen gewesen ist, der Sängerin, von der meine Erinnerungen tätowiert sind. Trauriger als das von seinen Liebhabern verlassene Alexandria ist Tanger nicht mehr in der Lage, seinen herrischen Atem der Lust zurückzuhalten. In den Tavernen von Alexandria habe ich das vergängliche Glück immer genossen. In Tanger sind die Tage bitter. An der Sonne schmecken sie nach Feuer und entziehen dem Meer das Salz, so dass Haut und Mauern sich schuppen. Es gibt zwar Häfen, wo ich mich und meinen Körper ins Delirium treiben lasse, es gibt aber auch solche, mit denen mich eine Art Hassliebe verbindet. Tanger gehört zu Letzteren. Jeden Morgen schaue ich beim Öffnen der Fensterläden über die Reede hinweg, damit mich das klebrige Mitleid, das sie erweckt, nicht infiziert. Dieser Hafen liegt in einem langsamen Sterben, ein gestrandeter Pottwal. Er leidet, so sagen die Schwätzer des Lokalradios, am allgemeinen Komplott gegen das Meer der Mitte.

Ich liebe es, die Naivitäten zu hören, die dieses Transistorradio zum Knacken bringen, das mich nicht mehr verlässt, seit es die Kugel abgelenkt hat, die dazu bestimmt war, meiner Mutter zusätzlichen Kummer zu bereiten. Es war kurz nach dem Begräbnis meines Vaters, in einem Regen von Steinen. Das Erdbeben zeigte uns, dass Gott seine Teppiche gern auf dem Balkon unseres Tals ausklopft. Jahr für Jahr lernten wir, Buch zu führen über die dröhnenden Fürze der Erde. Wenn Gott sich darüber entrüstet, uns so ausgehungert zu sehen, lässt er die Erde rumpeln und so frisst sie uns auf einen Schlag und entledigt uns unserer Lumpen und Hungersnöte. Keine Kredite mehr, keine Schulden mehr. Die Schiefertafel, auf der wir in der Kreide stehen, ist auf einen Schlag ausgewischt und die internationale Hilfe kann angerannt kommen, um die Taschen der Würdenträger zu füllen. Gott ist so mitfühlend und denkt auch an sie.

Tanger ist eine alte Schachtel, die auch die miesesten Tricks nicht vor dem Ertrinken in schwerer Trauer retten können. Zu den Fehlleistungen der Stadtväter gehören auch eine verlassene Freizone und das von einem thailändischen Werbeprospekt angeregte Offshore-Bordell. Die Bewohner glauben, dass in dieser Stadt Stars geboren werden, und denken sich großartige Werdegänge aus. Zahlreiche junge Leute träumten damals davon, ihren Namen zu vergolden, indem sie das Wappen der Stadt neben ihn setzten. Ich gehörte auch zu den Opfern und fälschte sogar meinen Geburtsort. Rahma wird meine Aussagen bestätigen. Sie weiß einiges über die Bewohnerinnen von Tanger, die sich alle an das engstirnige Besuchszeremoniell halten. Kein Fremder kann sagen, er habe ein Mädchen der Stadt in seinen Armen gehalten, während es noch seine Schuhe trug. Rahma ihrerseits zieht weiterhin ihre Stöckelschuhe aus, um nicht die Bewohner der Nachbarzimmer durch das Tack-Tack ihrer Schritte im gechlorten Flur unnötig zu erregen. Beweis dieser Diskretion: Die Bewohnerinnen von Tanger schmieren die Hauswarte und Empfangsangestellten der Hotels, damit sie wegsehen, wenn sie am tätowierten Arm ihrer Liebhaber vorbeigehen.

Ich musste die Sitten der Stadt in den Griff kriegen, um bequem in ihr leben zu können. Ich berausche mich nicht an Worten. Hier haben sie keinerlei Sinn, wenn sie nicht die Probe auf der Waage der leeren Versprechungen bestanden haben. Tanger verabscheut Fälscher, entgegen anderslautenden Aussagen. Um eine Katastrophe zu vermeiden, hat die Stadt Profis angeheuert. Jedem wurde ein Auftrag erteilt. Meiner ist der eines Schleppers. Ich schulde ihn meinem Talent zur Simonie in den Häfen dieses weißen Meeres der Mitte, wie es die Araber nennen, die ihrer Geografie gern Farben geben.

Am Tag nach meiner Ankunft überließ ich die klebrige Langeweile der Zeremonien den Liebhabern des Firlefanz und machte mich an die Arbeit. Es ging darum, die genaue Zahl und die Unterkünfte der Kandidaten für die Überquerung der Meerenge zu ermitteln. Sie kamen aus allen Ecken Afrikas, sie waren in den Hangars der Freizone untergekommen oder gruppenweise verstreut in den Bidonvilles. Ich begriff, dass ich in ein Wespennest gestochen hatte. Alle diese Leute waren dem Ruf Tangers gefolgt, das mit trügerischen Versprechungen lockte. Die Propaganda ließ in den unkonzentrierten Ohren der Bars und elenden Hütten die Idee verbreiten, es genüge hineinzukommen, um ohne Pass oder andere Formalien ins Paradies zu gelangen. Die Sache war von Expertenhand vorbereitet worden. Tanger würde uns nicht so leicht wieder ausspucken. Da wir nun einmal da waren, mussten wir uns an die Spielregeln halten. Die Absicht der Gemeinde war, mir jeden Morgen eine Ladung Einwanderer zu übergeben, die ich auf die andere Seite der Meerenge bringen sollte. »Unwichtig, ob sie es schaffen oder nicht«, flüsterte mir ein Funktionär zu, der sich wenig um das subtile Spiel der Angst kümmerte. Wichtig war nur, dass darüber geredet wurde, dass die Zeitungen Schlagzeilen machten und Europa seine Ferngläser auf dieses Schlüsselloch richtete, das Millionen von Parias erlaubte, seine Speisesäle zu stürmen. Ich musste alles tun, damit das allgemeine Augenmerk auf Tanger fiel und Kredite angeboten wurden, mit denen die Stadt sich wieder auf Vordermann bringen konnte. Diese Idee war die Frucht einer kleinen Werbeagentur, deren dubiose Machenschaften und deren Gründung durch eine alte Bekanntschaft ihr ihren Ruf eingebracht hatten, und sie entbehrte nicht eines gewissen Muts.

Eines Abends, betrunken wie üblich, nahm ich den Bürgermeister zur Seite, drückte ihn gegen die Wand und fragte ihn mit gezücktem Messer in gepflegten und gesetzten Worten, ob er mich für bescheuert halte. Der fette Schlappschwanz stellte sich sofort gegen seine Kollegen und schwor bei Gott und Konsorten, es komme nicht in Frage, dass ich meine Leistung für nichts erbringe. Neben den ansehnlichen Einnahmen aus den Überfahrtsgebühren gewährte er mir eine unbefristete Konzession auf die Führung der städtischen Pissoirs. Für diesen Gefallen bedankte ich mich ausführlich beim Herrn Bürgermeister und steckte mein Taschenmesser für andere Eventualitäten wieder ein. Die Sache war geritzt und ich gab mir Mühe, unseren Vertrag zu erfüllen. Die Stadt bereicherte sich, indem sie dem unversiegbaren Fluss der Migranten die letzten Lumpen abknöpfte. Künftig muss man ein Visum beantragen und horrende Gebühren bezahlen, um nach Tanger hereinzukommen. Die Stadt erhält zusätzlich astronomische

Zuwendungen seitens der europäischen Staaten, die verrückt vor Angst sind, ein ganzer Kontinent könne mit einer Schale in der Hand und einer Machete an der Hüfte in ihren Speisesälen vorsprechen.

Ich gehe meiner Beschäftigung nach, unbekümmert über diesen Lärm, und überwache mit ruhigem Gewissen und gesichertem Portemonnaie die Abwicklung der Geschäfte. Die vom Bürgermeisteramt zugesicherten Privilegien habe ich mit dem Großhandel von Haschisch ergänzt. Wenn sie zu viel gekifft haben, irren einige Überfahrtskandidaten in den Straßen umher und werden von der Polizei aufgegriffen. Um ihre letzten Centimes erleichtert, werden sie auf meinen Wink hin wieder freigelassen. Wenn es etwas gibt, das ich hasse, ist es, wenn man meine Kunden anrührt. Die Reisenden – wir benutzen keine andere Bezeichnung – zahlen zusätzlich zum Fahrpreis den Obolus des Gebets für die in der Mitte der Meerenge entsorgten Schwarzfahrer. Wer schwimmen kann, bleibt einige Augenblicke an der Oberfläche, genug um das Totengebet mitzubekommen, dann geht er sanft im Kielwasser unter. Die weniger Glücklichen sinken wie Steine auf den Grund, vergeblich bemüht, sich an einem Fetzen Himmel festzuhalten. Das ist erbärmlich anzusehen, aber man muss schließlich sein Brot verdienen und Rücksicht nehmen auf das Glück derjenigen, die am Ziel der Reise ankommen werden. Sobald sie ausgeladen und von den Spezialeinheiten weggescheucht sind, werden die meisten von ihnen aufgegriffen und in Frachtflugzeugen wieder zurückgebracht.

Diejenigen, deren wilde Haken man im Licht der Scheinwerfer mitverfolgen kann und die der Hetzjagd entkommen, verschmelzen mit dem Volk der Illegalen, von denen die Keller und Baustellen überquellen, bevor sie eines Tages von den Metallarmen eines Riesenkrans aufgegriffen und ihrerseits in die Laderäume der Charterflugzeuge geworfen werden.

Von den der Gemeinde abgeluchsten Privilegien wurde mir dasjenige zuteil, den Krieg gegen die nicht zugelassenen Schlepper zu führen und ihre Transportmittel und die den Reisenden abgeknöpften Beträge zu beschlagnahmen. Durch das Monopol konnte ich eine ganze Horde kleiner Gauner ausschalten, die die armen Teufel erpressen und sie auf einem Sammelsurium schwimmender Unterlagen verschiffen: aneinandergeknüpfte Tonnen, auf dieselbe Art miteinander verbundene Reifenschläuche von Traktoren; Barkassen, Sardinenfischer, abgewrackte Trawler oder vom Zivilschutz ausgeliehene Schlauchboote und mit geklauten Brettern aus den Lagerhäusern des Hafens zusammengezimmerte Floße. Einige Abenteurer kapern sogar Sportsegler, um damit ihre Kunden auf die Reise zu schicken.

Drecksstadt, Dreckswetter. Manchmal, wenn ich aus dem Fenster über diesen Hafen blicke, der seine Gäste durch die Ruhe seiner Fassaden täuscht, überrasche ich mich beim Gedanken an meine Jugend, die ich auf diesen Kais verbrachte, an den Booten riechend, ihren Bauch abschätzend, mit einem Kopfnicken auf jene zeigend, die eine Razzia meiner Männer über sich ergehen lassen mussten. Durch diesen Nebenerwerb konnte ich meine Großzügigkeit über dem Schwarm meiner Gelegenheitsfreunde ausschütten und meinen Geliebten die Geschenke zu Füßen werfen, die sie verlangten.

Ich bin in dieses staubige Labyrinth von Gassen zurück-

gekehrt, um nicht zu weit weg von hier sterben zu müssen, nachdem ich in meinem Kopf so viele Geheimnisse und Umwege um die gewundenen Gesetze des Lebens gemacht habe. Ich bin zwar ein Sohn der Berge, eines Ufers bar jeden Wellenlärms und jedes hellen Kreischens von Möwenschwärmen, aber wenn auch die Pappel des letzten Hügels vor der Ebene meinem Vater Schatten gespendet, die Steppe die bukolischen Spiele meiner Kindheit geduldet hat, erkenne ich doch keine andere Abstammung an als die, die mich an Tanger kettet, diese schändliche Konkubine, die die Reifröcke hebt, um ihr pockennarbiges Gesicht zu verbergen. Heute sehe ich von ihr nur den Platz der Palmen. Aufgereiht für eine imaginäre Parade geben sie Früchte ohne Zukunft und erinnern, wenn plötzlich die Nacht hereinbricht, an die als Statuen verewigten Wachposten vor den Toren der Paläste. Ein Fingerschnippen würde genügen, um sie verschwinden zu lassen.

Sie sind weggezogen, meine Freunde, einer nach dem anderen verschluckt von den tiefen Gräben der Bagnos. Mit von Stacheldraht gezeichneter Haut, Brauen aus Salz und Blut, wurden sie zu Tode geprügelt, weil sie ihre Geständnisse nicht unterzeichneten und nicht laut und deutlich sagen wollten, dass sie Schweinehunde sind, die pausenlos die Regierung zu stürzen versuchen. Weder Mahmoud ist zurückgekehrt, noch Ryadh, noch Ali, auch nicht die umwerfende Keltoum, noch Saad, der elegante junge Mann mit dem Honiglächeln. Sie bevölkern das ach so lange Register der Abwesenden. Die, die nicht lesen konnten, mussten gestehen, sie hätten Pamphlete geschrieben, Stotterer ließ man obszöne Lieder verfasst haben. Ihre an der Schwelle der Paläste begrabenen Köpfe zeugen vom

Ausmaß der Stille, der alleinigen Herrscherin über unsere verschleierten Erinnerungen. Ich kenne den unermesslichen Preis der Feigheit. Ich habe dieser Hündin mit den gespitzten Eckzähnen fröhlich gedient; ich bin nicht einer, der sich brüstet, aber auf meine Art habe ich meine Willensschwäche zur Obsession gemacht und mir mit den Finessen aus meinem Beutel als Umgehungskünstler eine Rechtfertigung zurechtgebastelt. Ich schwieg jedes Mal, wenn einer meiner Freunde entführt wurde. Ich habe mich an keinen Schikanen beteiligt oder Aussagen unterzeichnet oder Stellung bezogen. Jemanden anzuzeigen ist nicht meine Art. Es genügte zu schweigen, um sie zu verraten, die Augen zu schließen, mich in die tägliche Abrechnung meiner kleinen Geschäfte zu flüchten. Spitzel und Schlepper, was für ein schöner Beruf. Einige haben es mir übel genommen. Andere, großmütige, haben mich mit ihrer Verachtung bedacht. Ich weigere mich, es zu leugnen. Ich bin Schlepper, Symbol einer Konjunktur, vertrauenswürdiger Vertreter der neuen Sklavenhändler. In einigen Büchern wird man ein Foto und erfundene Berichte über meine Arbeit finden. Berühmt und geehrt bestehe ich darauf zu sagen, dass diese mit Anklagen gespickte Literatur das Produkt von Hirngespinsten ist.

Ich habe weder meine Frau getötet noch meine Freunde angezeigt, wie sie behaupten. Eines frühen Morgens auf dem Balkon des Salons fand ich ihren erkalteten Körper. Ich weiß nicht, woran sie gestorben ist. Nichts Genaues. Vielleicht an Kälte oder Stummheit. Man stirbt an allerhand dieser Tage. Kann man es mir übel nehmen, mich nicht entschieden zu haben, nie gewusst zu haben, welchen Weg ich nehmen soll-

te, nicht die ausgetretenen Pfade zu gehen? Diese Art der Leute, einen zu zwingen, jene Gestalt nachzuäffen, die sie sich für einen ausgedacht haben, kotzt mich an. Ich bin zurückgekommen, um mit diesem Tratsch, der meinesgleichen verachtet, aufzuräumen.

Diese Stadt hat kein Gedächtnis. Ich habe mir ihr Schweigen erkauft, ihr letztes Maß an Stolz gebrochen. Sie ist zu Rost zerfallen, mit dem sie sich das Gesicht bemalt, um in ihrem dreckigen Frieden weitervegetieren zu können. Sie wäscht sich ihre Schnauze in der Pisse, grunzt vor Wohlsein, da sie sagen will, dass sie auf die Toten sch… und noch mehr auf die Lebenden. Ihre zynische Devise lautet, nur die Mächtigen zu respektieren.

Meine Frau wurde eines sehr windigen Tages am Fuß einer kleinen Anhöhe begraben. Zu ihrer Bestattung kam niemand. Eine Ausländerin, stellen Sie sich vor. Der in eine weiße Gandura eingenähte Imam, seine kleinen Füße in gelben Babuschen aus großen Tagen, hangelte sich von Gebet zu Litanei und fragte sich, was er da bloß machte, während der Ehemann ganz offensichtlich nur aus Verlegenheit an der Zeremonie teilnahm. Sie hatte mich fallen gelassen, verraten, zerhackt, wegen Waffenhandels in kleinen Stücken an ihre Polizistencousins ausgeliefert, während ich mich damals nur zu einer einzigen Spezialität bekannte: dem Schmuggel von Markenparfums und gelegentlich ein bisschen Schleichhandel mit Haschisch. Trotz all dem schwöre ich bei den von meiner Mutter verehrten Heiligen, dass ich meine Frau nicht getötet habe, die nur aus Rache handelte und mir vorwarf, ich flüch-

tete, während meine Freunde gefoltert würden. Sie war verrückt, oft betrunken, und stürzte hinter meinem Rücken literweise Parfum hinunter, da sie nicht an die im Tresor eingeschlossene Whiskyflasche herankam. Sie sprach ständig von Mut, von Helden, von einem Revolutionsplan. Ich hasse Basare. Man bekommt das Gefühl, die ganze Welt bestehe nur aus Ramsch. Rahma hatte sich in demjenigen des Heroismus eingerichtet. Sie wollte aus mir einen Eroberer der Freiheit im Reich der Stille machen. Es hätte genügt, in der Stadt eine Runde zu drehen, um zu sehen, dass ich dank der beflissenen Güte ihrer Cousins bereits der bestbezahlte Spitzel der ganzen Polizei war. In Tanger und auch anderswo habe ich nie für nichts gearbeitet. Und übrigens: Schlepper oder Schmuggler, Spitzel oder Sklavenhändler, wer hätte den Mumm, da noch einen Unterschied zu machen?

Ich habe das wirre Zeug ein Dutzend Mal durchgelesen und weiß nicht, was ich davon halten soll. Es gibt Bemerkenswerteres aufzuschreiben.

4

Die kleine Alte späht nicht mehr auf die Straße. Ist sie krank? Wer wird sie pflegen? Der Dicke aus dem zweiten Stock hängt immer noch vor seiner Glotze. Er leert seine Bierflaschen in atemberaubendem Tempo und schreit das Insekt mit den zerzausten Haaren an, das pausenlos in der Küche herumhantiert und dabei die Lippen bewegt, nur ein Spalt in der Wachsfläche ihres Gesichts. Ich kann nichts verstehen, aber die Gebärden des Dickhäuters sprechen für sich. Ihre Nachbarin zur Linken tippt wie eine Taubstumme auf ihrer Maschine. Schreibt sie einen Roman? Der junge, bleiche Mann aus dem ersten Stock ist zurück. Er hat die Fensterläden geöffnet, dann wieder geschlossen, um sie erneut zu öffnen und dann wieder zuzumachen. Er späht auch auf die Straße. Der Blonde und die Rothaarige aus dem Dritten haben sich gezankt wie die Fuhrkutscher. Sie haben ihren Streit im Bett beendet, das Fenster trotz der Kälte sperrangelweit geöffnet. Sie ahnen nicht, dass sie beobachtet werden, oder sie machen sich nichts daraus. Die Szene hat mich fast wahnsinnig gemacht.

Ich habe meinen Posten verlassen, was mir aber dennoch eine bewegte Nacht bescherte. Plötzlich taucht eine Rothaarige auf, eine Feuersbrunst verschlingt mich. Solche Bilder haben mich zum ersten Mal heimgesucht, als ich in einer Sommernacht auf einer Terrasse saß. Eine Hochzeit, Trubel, Lärm, aufeinanderfolgende Mahlzeiten, Gerüche. Eng aneinandergedrängt Frauen, laut schwatzend, die stündlich Kleider und Schmuck wechseln, furchtbar geschminkt oder strahlend schön und elegant mit schrillen Stimmen, die aus den geöffneten Fenstern fliegen, aufsteigen, die Terrasse umkreisen, sich lauter als der Schrei eines Kindes in einem Fieber aus Honig und Lachen auf der Straße ausbreiten, dann in ein Murmeln zurückfallen, ein heimliches, heimtückisches Flüstern, das plötzlich scheu wird, wenn das sogenannte vertrauliche Gerede herausgefiltert wird, die Geheimnisse üppiger Busen oder vorstehender, samtverhüllter, arabeskenverzierter Granatäpfel, die in den prallen, von Feuer und Ungeduld gefüllten Kleidern stecken.

Das Ritual schrieb vor, dass die Kinder dann schlafen gingen, wenn das Fest seine Farben steigen ließ, sich völlig außer sich in einen Schwall von Schreien und Gesängen steigerte, trommelte, tanzte, mit Tüchern um die Hüften und unter Brillantinefilm triumphierenden Schnurrbärten. Man hatte ihnen im Voraus zu essen gegeben, gesättigt von einigen Tellern, die Verwöhntesten im Schoß ihrer Mütter gefüttert, die Wilderen kamen selbst zurecht, krähend, der eine ein Stück Brot stibitzend, der andere ein Stück Fleisch, eine Frucht, ein Stück

Kuchen. Ich hatte die Wahl. Es genügte, schnöde etwas zu verweigern, um meine Mutter erbleichen zu lassen, so dass sie alle Räder in Bewegung setzte, um dem Tyrannen Genüge zu tun. Sie zwang ihre Umgebung, ebenso zu handeln, erfand mutige Entschuldigungen für mich und erreichte triumphierend ihr Ziel, indem sie meinen Lüsten noch ein paar Rechtfertigungen hinterherschickte, so dass ich sie auf ewig als lächelnd und besänftigend in Erinnerung behalte.

Auf der Terrasse eines dieser heidnischen Feste fühlte ich in der Hitze der Nacht, während uns der Himmel mit einem schwarzen, an manchen Stellen durchlöcherten Tuch überzog, das das makellose Silber der Sterne sehen ließ, eine suchende Hand meinen Hosenschlitz öffnen, um jenes kleine heißblütige Tier zum Appell zu holen, das ich erst später benennen lernte. Ich war eng an ein Mädchen gedrückt, eine lange Dünne mit Zahnlücken, die die Kleinen zu Bett bringen sollte. Mit einem Eukalyptuszweig bewaffnet entledigte sich der berockte Zorro seines Auftrags, indem er die Waffe so laut neben unseren Ohren durchsausen ließ, dass die einzige Art, dem zu entkommen, war, sich in den Schlaf sinken zu lassen.

Nachdem sie sich vergewissert hatte, dass unsere Atmung die friedlichen Ufer der Bewusstlosigkeit erreicht hatte, ein Friede, den sie uns in großzügiger Länge wünschte, stieg sie wieder in den Hof hinunter, bewunderte die Tänzerinnen und klatschte im Takt, wobei sie ihre Augen immer wieder über den jungen Mann im Türrahmen streichen ließ. Sie schielte nach dem Sohn des Hauses, einem blassen Abbild seines Vaters, zu krank um anders angesehen zu werden als eine zerbrechliche Statuette, der sich die Frauen gefahrlos hingeben können. Nachdem sie sich für einen Teil der Nacht einer unverstandenen Liebe hingegeben hatte, so untröstlich wie sie sich ihrer Hässlichkeit bewusst war, kam sie zurück, um sich zwischen die Körper der Kleinen zu legen, und schaffte es, mir einen klebrigen Saft zu entlocken, den ich für Leim hielt, bevor ich erschrocken begriff, dass sie mir eben durch ihr ruckartiges Hin-und-Her eine Wunde beigebracht hatte, von der ich mich nicht mehr erholen würde. Mein Herz befand sich, nachdem es das Blut in die Wangen gepumpt hatte, im Alarmzustand und mein Hals war staubtrocken, wurde jedoch von Speichel überschwemmt, als sich eine Zunge zwischen meine Zähne bohrte und dort einen Geschmack von Knoblauch und Gewürzen hinterließ.

Wie hätte ich jene Nacht vergessen können, als ich Monate später mit meiner Cousine Rabea vor einer Rechenaufgabe saß, die wir lösten, indem wir so eng zusammenrückten, dass unsere Sinne verdreht wurden? Rabea verwandte die weiteren Tage darauf, mich gewissenhaft zu verfolgen, ihr Heft in der Hand, bevor sie der unglücklichen Avancen eines Dilettanten der Additionsrechnung überdrüssig wurde. Sie wusste nicht, dass ich ihren älteren Bruder mit ihrer Schwester im mondhellen Türspalt auf einem Bett gesehen hatte, sich stöhnend miteinander verlierend. Diese Entdeckung prägte meine Angst vor jeglichem Kontakt mit Frauen und meine Weigerung, mich Kasteiungen zu unterwerfen, die mit dem Ausfluss einer klebrigen Flüssigkeit endeten, die man nur durch gründliches Waschen der gelblichen Spuren mit warmem Wasser verschwinden lassen konnte. Weil ich alles über diese heiseren Schreie zwischen ihrer Schwester und ihrem Bruder wusste, die in einer langen Augustnacht im Bett der durcheinandergewühlten Verwandtschaftsgrade gelegen hatten, fasste ich den Entschluss, nie mehr ihr Haus zu betreten, sorgsam darauf bedacht, mich vor der Epidemie zu schützen. Ich war in Rabeas Schwester verliebt, ohne es zu wissen, und habe nie mehr ihren Namen erwähnt, sondern ertränkte ihn in einem immer wieder erneuerten Vergessen. Sie wurde die geliebte und verabscheute Fremde. Ich sagte »sie« oder auch »die da«, wenn nicht gar »meine Cousine«. Ich verschanzte mich hinter Vorkehrungen, um Themen zu vermeiden, bei denen es um meine Familie gehen könnte, die Haarfarbe meiner Cousinen oder gar die Heiratsanträge, die sie erhielten.

Bei meiner Rückkehr aus dem Militärdienst erfuhr ich, dass Rabea überstürzt geheiratet hatte, um einen Skandal zu vermeiden, während ihre ältere, ledig gebliebene Schwester immer noch mit ihrem Bruder bei den Eltern wohnte. Ich machte keinen Kommentar und behielt einen Rest an Groll und eine sorgsam geschürte Glut gegen diesen verfluchten Cousin, gegen den ich machtlos war. Mir blieb nur, ihn zu hassen, oder ihn einfach durch das Vergessen seiner Existenz zu töten, indem ich ihm in Gedanken einen Dolch ins Herz stieß. Er hatte ihn in der Stille in meines gestoßen, in dieser Stille, die mich den Geistern der schwarzen Sandstrände gleichen lässt, auf der Suche nach ihrer verlorenen Vergangenheit.

5

Nichts mehr zu essen. Was ist mit Michel passiert? Er hat vergessen zu kommen. Gestern bin ich trotz meiner Gehschwierigkeiten zwischen ein und zwei Uhr nachts auf meinen wöchentlichen Spaziergang gegangen. Ich habe in Mülleimern gewühlt. Kommt er heute noch oder ist er der Last überdrüssig geworden?

Schlechte Neuigkeiten. In den Hangars beim Flughafen haben sie Tausende von Illegalen eingesperrt. Über das Radio werden die Leute aufgefordert, der Polizei, deren Belegschaft durch Truppen verstärkt wurde, tatkräftig zur Hand zu gehen. Die kleine Alte ist wieder am Fenster aufgetaucht. Sie schiebt ganz offensichtlich Wache. Meine Angst ist um eine Stufe gestiegen. Ich habe alle Bücher außer eines, das ich in Reserve halte, verschlungen und die Zeitungslektüre wieder aufgenommen. Jeden Tag lese ich einen alten Bericht noch einmal und erfinde eine Fortsetzung. Katastrophe, Unfall, Mord, der ganze Katalog der vermischten Meldungen wird durchexerziert. Ich liebe es, Dialoge zwischen Gefangenen zu erfinden – ob das ein Zufall ist? So erzählt der Typ, der seine Geliebte in einem Landhaus umgebracht hat, seinen Zellengenossen von dem Mord. Wie er es angestellt hat? Nachdem er sie mit dem Gürtel seines Bademantels erwürgt hat, begrub er sie im Garten, gleich neben dem Schuppen. Sie mochte Blumen. Er hatte vor, auf ihrem Grab Rosen zu pflanzen. Der Nachbar zeigte ihn an. Wenn man so handelt, begeht man fatale Fehler. »Dabei hat sie es verdient zu sterben. Sie hatte sich in den Kopf gesetzt, mich zu erpressen, drohte mir damit, meiner Frau unsere Beziehung zu verraten. Stellt euch das einmal vor! An einem Wochenende habe ich sie auf einen Ausflug eingeladen und die Sache hinter mich gebracht. Klar, jemand musste es tun. Könnt ihr euch das Gesicht meiner Frau vorstellen, als sie erfährt, dass ich mit dieser Schnepfe eine Beziehung gehabt habe? Ich war dabei, alles zu verlieren: Meine Ehe wäre im Eimer gewesen, der Besitz meiner Frau wäre mir durch die Finger gegangen und dazu hätte der gutmütige Richter noch die Scheidung ausgesprochen, auf meine Kosten.« Die anderen Gefangenen hören sich ohne wirklich zuzuhören die Rechtfertigungen an von einem, der alles verloren hat, weil er alles behalten wollte.

Ich habe Hunger, ich werde einschlafen, er wird vergehen. Michel wird mir Vorräte bringen. Letztes Mal haben wir zusammen ein Hühnchen und Fritten gegessen. Er war verwirrt, als ich ihm erklärte, dass man das bei uns nicht macht, alleine essen. Auch wenn ich drei Viertel des Federviehs selber verschlungen habe. Es schmeckte so gut!

Wenn mich der Hunger plagt, sehe ich das kantige Gesicht meines Großvaters vor mir und höre seine Stimme. Sie war sanft, diese Stimme, trotz des Gerölls, das sie mitführte. Er war der Einzige, der ausschweifend vom Leben und Werk unseres Urahns Ben Okbi zu erzählen wusste, worin er unbestrittener Meister war. Armer Großvater, gestorben und von allen vergessen. Ich sehe ihn noch in seinen letzten Tagen an die Wand seines leeren Ladens gelehnt, wie er einigen Alten auf seine Art das Leben von Ben Okbi schilderte, worauf sie nickten und in ihre Bärte lachten über diesen Sprachschneidermeister, der einen Bettler mit schönen Worten kleiden konnte, so dass er ihn nicht mehr um ein Almosen anzugehen brauchte.

Vor nicht allzu langer Zeit, sagte er, *stand auf einem Felssporn, der über die stolze Mähne der Wellen ragte, in Mastixsträucher und Gestrüpp getaucht die Kubba* unseres verehrten Vorfahren Ben Okbi, bekannt bis zur Insel Java, von wo er von seinen Anhängern Geschenke erhielt. In verschiedenen Epochen restauriert, wurde sie kürzlich von einer Bande Eiferer zerstört, die behaupteten, Stellvertreter Gottes zu sein. In seinem unbefleckten Weiß diente das von einer grün gekachelten Kuppel bedachte Bauwerk den Reisenden als Orientierungspunkt. Nachts sahen sie den Schein der Kerzen und konnten, wenn sie sich dem Geleit des Heiligen überließen, den Fallen schäbiger Anhänger eines fiesen Marabut** entgehen, dessen Namen man nie ausspricht, wenn*

* Kleiner gewölbter Grabbau

** Heiliger Mann, religiöser Gelehrter, der beispielsweise in Liebes- und Heiratsdingen berät, aber auch negative Zauber (*Maraboutage*) aussprechen kann.

man nicht verflucht werden will. Seine Kubba steht noch heute auf der anderen Seite des Tals. Ein wilder Hass hatte die zwei Meister entzweit. Unser Vorfahr gewann zwar die Oberhand, konnte die Region aber dennoch nicht von diesem verdammten Gesindel befreien, dem der Marabut ohne Familiennamen, anders gesagt der SNP, die Aufgabe vermacht hat, seine traurigen Werke zum Leuchten zu bringen. Diese Hundesöhne verbreiten noch heute ihre Sprüche und freuen sich über den Ruin unseres Heiligen. Sie haben Verunglimpfungskampagnen gestartet, mit Filmen, Radiosendungen und Flugblättern in Vierfarbendruck, ein ganzes Sortiment an Täuschungstaktiken, die zeigen sollten, dass der Ruf unseres Scheichs nicht rechtens war. Sie behaupten, sein Verschwinden sei eine verschleierte Flucht gewesen, um seinen Gläubigern zu entkommen. Um diesen Abgeschmacktheiten entgegenzutreten, habe ich Dutzende von Aussagen gesammelt, die bezeugen, dass Scheich Ben Okbi kein einfacher Demiurg oder Schwindler war, sondern ein Vorbild an Frömmigkeit, der sich für Wunder einsetzte, deren Echtheit, außer von jenem düsteren Gesindel, von allen anerkannt wurde.*

Hierfür musste ich die Bibliotheken von Fes, Bagdad, Kairo, Istanbul, London, Paris, Wien und Berlin aufsuchen, die voll aufschlussreicher Werke zum Thema sind. Ich fand wegen der Niederträchtigkeit der Übersetzer, überall der Nachwelt ihren Namen aufzudrängen, nicht ohne Mühe heraus, dass wir sehr wohl von Fatima, der Tochter des Propheten,

* Mit dem Stigma *Sans nom patronymique*, kurz SNP, wurden in Algerien seit der französischen Kolonisierung Leute bezeichnet, deren Name von den damaligen Behörden nicht erfasst worden war.

abstammen. Unser Stammbaum, der auf ein Geschlecht berühmter Generäle und Ärzte zurückgeht, kränkelte ein bisschen nach dem Fall von Granada, erntete wieder Ruhm, als es der Welt verdiente Gottesgelehrte schenkte und mit der Geburt meines Vaters weiter wuchs. Ich habe von diesem Sprung in die Vergangenheit Koffer voll Fotokopien mitgebracht, unwiderlegbare Beweise, die ich der Justiz zur Verfügung stellen würde, wäre sie nicht unterwandert von Anhängern des SNP-Marabut, begierigen Gehilfen, die dem Meistbietenden ihre Dienste empfehlen.

Trotz vieler Versuche konnte ich zahlreiche Verwandte nicht davon überzeugen, mir ihre Hilfe zuteil werden zu lassen. Sie fürchten, dass die Sekte des schwarzen Marabut ihre allen Widersachern geweissagten Strafen auf einmal wahrmachen könnte.

*Nachdem ein Schiff mit holländischen Ordensschwestern auf dem Weg nach Amerika an unseren Ufern gekentert war, verschärfte sich der Konflikt zwischen unseren Stämmen. Das in Toulon in See gestochene Segelschiff geriet in ein entfesseltes Meer und trieb schließlich ohne Mast an unsere Küste. Eines Nachts wurde es unter fürchterlichem Lärm an die Steilküste geworfen, auf der unser Vorfahr sein Lager eingerichtet hatte. Sobald die Opfer begraben und die überlebenden Offiziere und Seeleute dem Dey*als Präsent gebracht worden waren, verheiratete man die Schwestern mit Bauern aus der Umgebung, nachdem die Oberin, Mama Kratzbürste – unter diesem Namen ging sie in die Geschichte ein –, sie von ihrem*

* Regierungschef von Algier

Gelübde befreit hatte. Nach ihrem Tod errichtete man ein Mausoleum auf ihrem Grab, direkt unterhalb desjenigen von Ben Okbi. Unser Ahn wählte aus den Schwestern drei grazile Damen aus, die er nach den Geboten seines Glaubens ehelichte. Renate Bonvent und Ursula Mohr starben eine nach der anderen im Kindsbett, nachdem sie ihm fünf prächtige Erben geschenkt hatten. Die dritte, Erika Warneck, Saliha getauft, wechselte zu unserem Glauben, blieb jedoch trotz der Anrufungen ihres Gemahls unfruchtbar. Diese Femme Fatale mit dem vermaledeiten Unterleib vergiftete die Beziehungen zwischen den Stämmen des Tals. Sie tötete den Heiligen mit einem Dolch, dessen Klinge von Goldfäden damasziert war, bevor sie zu den SNP flüchtete, deren Feindseligkeit uns gegenüber von dem Tag stammt, als Sidi Ben Okbi sich weigerte, ihnen das halbe Hundert Ordensschwestern zu liefern, das sie als Beute forderten.

Bevor es dazu kam, muss klargestellt werden, dass Saliha, kaum dass sie ihre Trauer um den Tod von Renate und Ursula beendet hatte, anfing zu intrigieren, um erneute Heiratspläne Ben Okbis zu durchkreuzen. Ihre Machenschaften wurden aufgedeckt und die Beziehung des Paares vergiftete sich. Sie nutzte die Abreise des Heiligen nach Mekka, um sündige Kontakte mit den Feinden zu knüpfen, lieferte ihnen manches Geheimnis und soll sogar den Chef der SNP in ihrem Schlafgemach empfangen haben, aber diese Begebenheit ist nicht gesichert.

Unser Großvater, der einen durchdringenden Blick hatte, eine feine Nase und ein unvergleichliches Gehör, erriet nach seiner Rückkehr von der Wallfahrt, ohne dass ein Flüstern sei-

ne Haut geritzt hätte, dass sich seine Frau in eine Viper verwandelt hatte. Er war gewarnt worden. Als er in seinem Zelt gerade träumte, er steinige den Teufel, biss ihn eine Schlange ins linke Ohr. Er schrak auf mit gestrecktem Zeigefinger, um zu bezeugen, dass es keinen Gott gibt außer Gott und dass Mohammed sein letzter Gesandter ist. Die Ahnung im Traum wurde Wirklichkeit, als Saliha den Dolch bis zum Heft in den Rücken ihres betagten Ehemanns stach, nachdem er dreimal ihre Verstoßung ausgesprochen hatte. Er wollte ihr nichts Böses, er wollte ihr nur aus dem Weg gehen, da er begriffen hatte, dass sein Haus die Verbündete seines ärgsten Feindes beherbergte.

Anstatt der Leiche fand man eine vom Dolch durchbohrte Ringeltaube. Eine andere Version versichert, Ben Okbi sei zum Lebendigen gerufen worden, als er an der Spitze einer Karawane geritten sei. Der Blitz habe eingeschlagen und in einer plötzlichen Aufhellung habe man sehen können, wie der Reiter und sein Tier in den Himmel auffuhren. Ben Okbi habe in der Rechten den Koran und in der anderen Hand ein goldenes Schwert gehalten, auf dessen Klinge alle Namen der Propheten und Apostel seit der Schöpfung gestanden hätten. Von den SNP wird eine abgeschwächte Version dieser Geschichte erzählt. Alles, was an das Ansehen unseres Vorfahren erinnerte, wurde weggelassen und stattdessen hieß es, er sei vor Wucherern geflohen, die keiner von ihnen namentlich nennen kann. Man baute die Kubba an der Stelle, wo die Ringeltaube begraben worden war. Sie wurde zum Wallfahrtsort des ganzen Tals, des ganzen Landes, dann von Millionen von

Menschen aus der ganzen Welt. Dieses Denkmal, ein Sammelbecken wortgewandter Gebete und berechtigter Hoffnungen, brachte mir als legal eingesetztem Wächter genug ein, um unauffällig davon leben zu können. Heute kommt niemand mehr. Die SNP erzählen allen, die es hören wollen, für Entschädigungsforderungen könne ich mich ja an Monseigneur Ben Okbi wenden. Die Schurken sind so weit gegangen, von der Gemeinde am Ort des Mausoleums den Bau eines Sandwichkiosks zu verlangen, um den Arbeitslosen einen Verdienst zu geben. Aber das ist nur ein mieser Vorwand. Der wahre Grund ist, dass sie mich demütigen wollen.

Das Grabmal und der internationale Ruf von Ben Okbi, über dessen Werk Doktorarbeiten, Episteln und Denkschriften verfasst werden, bleiben ihnen im Hals stecken. Ihr Grimm erreichte seinen Höhepunkt, als der brasilianische Filmemacher Bartolomeu de la Guera, Regisseur des aufsehenerregenden Films Jesus wurde beim Karneval in Rio geboren, *sich entschied, einen Streifen mit dem Titel* Das Leiden der Ringeltaube oder Die wahre Geschichte des von Erika ermordeten Märtyrers Ben Okbi *zu drehen. Ich war mit dem Titel nicht einverstanden. Der Filmemacher erklärte mir, er müsse die Aufmerksamkeit internationaler Produzenten gewinnen, um genügend Mittel für das Gelingen unseres Beitrags zu finden. Er wandte sich auch an jenen Esel mit dem Namen Kulturminister, der seine Nase rümpfte, weil er fand, er habe andere Prioritäten, so unter anderem, Abende lang die Nabel seiner bevorzugten Bauchtänzerinnen zu begutachten. Der Regierungspräsident, ein genauso unnützer Schwachkopf wie*

Ersterer, machte zur Bedingung für seine Hilfe, dass eine Szene eingebaut werde, in der er vor einem Saal voll Tierpflegerinnen über die Vorzüge einer Impfung des Viehbestands referierte. Unsere Gemeinde verweigerte schließlich jeglichen finanziellen Beitrag zum Projekt. Die Räte nutzten die Gelegenheit, unseren Namen in den Dreck zu ziehen. Die Wahrheit ist, dass dieses Gremium nur aus durch Stimmenkauf ins Rathaus gelangten Pferdehändlern besteht, lauter SNP und Abtrünnige unserer Bruderschaft, deren Übertritt durch die Zuweisung von Grundstücken zu symbolischen Preisen erlangt wurde – sie haben sich miteinander verbündet, um die Wähler mit Grieß und Öl aus den Beständen von Hilfsorganisationen zu bestechen. Was mich traurig macht, ist nicht so sehr das Verhalten dieser Nichtsnutze von SNP, sondern das unserer Cousins, unwürdige Erben von Ben Okbi, die ihre hehre Abkunft leugnen. Diese Verdorbenen verschleudern horrende Summen, die von seiner Seligsprechung stammen.

Wenn sie auf ihrem falschen Weg fortfahren, werde ich einiges zu enthüllen haben, angefangen mit dem schändlichen Handel, den sie treiben, und sie daran erinnern, dass sie es unserem Vorvater verdanken, dass sie jetzt da sind, wo sie stehen.

So redete Großvater, ohne je etwas zu enthüllen. Wo bist du, Großvater, wo bist du?

6

Michel ist gekommen, mit fiebrigem, schweißüberströmtem Gesicht. Eine Woche lang ans Bett gefesselt, hatte er sich beim Gedanken gequält, ich könnte meinen, er habe mich vergessen. Ich weinte und drückte ihn an mich.

Ich konnte mich kaum bewegen, als er die Tür öffnete. Meine zersprungenen Lippen schmerzten, ich lächelte und mein so schwerer Kopf fiel nach hinten. Er flößte mir Kondensmilch ein, die ich wieder von mir gab, dann ertrank ich in Watte. Seine Stimme erreichte mich kaum hörbar, ein Zischen, wie Wasserrauschen. Diese vierzehn Tage, die ich damit zugebracht hatte zu hoffen, den Hunger niederzukämpfen, erneut zu hoffen, haben in mir jeden Widerstandsgeist gebrochen. Ich wünsche nichts sehnlicher als den Weg des Todes zu finden und einen Schrei auszustoßen, eine sternenbesetzte Fahne im Fleisch der Erlösung. Ich bin schon tot, stimmt's, oder heißt Leben, jeden Tag um einen Augenblick der Freiheit zu betteln, um einen gefüllten Bauch und einen Kopf voller Hoffnungen?

Ich hätte fliehen sollen, diese Mansarde verlassen, mich der Polizei stellen, aber jedes Mal sah ich mich zugeben, ein junger Mann habe mich aufgenommen und versteckt. Darum streckte ich mich auf die Matratze und wartete, dass der Tod sich höhnisch und eiskalt auf meinen Körper legt, ihn packt, mit seinen Krallen zerreißt und mich in das Land trägt, aus dem man nicht wiederkommt.

Dann kam Michel mit seinem Babygesicht und seinen Entschuldigungen. Er gestand mir, er habe vergeblich versucht, mit seiner Freundin über mich zu reden. Wenn er wüsste, wie viele Male ich mich mit geschwollenem Gesicht auf einem Stuhl sitzen sah und misstrauischen Beamten zu erzählen versuchte, dass ich allein ohne die Hilfe von irgendjemandem in einer Hütte gelebt hätte, ich und nur ich allein hätte dieses Loch gefunden, hätte es eingerichtet und dort vom Stibitzen und Mausern gelebt.

Es sei vorgekommen, dass ich Brotkanten gesammelt und die Mülleimer von Kantinen und Restaurants durchsucht hätte – von denen ich ihnen die Adressen geben könne – um zu essen, ja, mein Herr, nur um zu essen, denn der Hunger hat mich in Ihr Land geführt, und wenn es ein anderes Land gibt, in dem ich nicht Hungers sterben muss, gehe ich gerne hin, sofort, aber glauben Sie vor allem nicht, dass ich ein Politischer bin. Nichts zu befürchten in dieser Hinsicht.

Allein der Hunger, mein Herr, allein der Hunger zerfrisst einen, macht ein Tier aus einem, einen Hund, ein Monster, und zieht einen am Ärmel zum Zwinger, vor dessen Tür der Napf mit dem Futter steht, das man hinunterschlingt, während man dem Himmel, den Bäumen, der Erde, den Kötern, den Schlangen, den Wasserfällen und dem Erfinder der Menschheit dafür dankt, diesen gesegneten Augenblick erleben zu dürfen. Sie glauben mir nicht? Es steht Ihnen frei. Wer hat Ihnen gesagt, ich sei ein Widerständler? Glauben Sie Ihren Karteien nicht. Sie sind falsch. Es gibt bei uns keine Widerständler mehr. Wogegen sollen sie denn Widerstand leisten? Gegen nichts? Sie haben Recht. Ich wurde für die Gründung einer Liga diplomierter Arbeitsloser verurteilt. Das nennen Sie Widerstand? Wenn Sie meinen.

Ich erhole mich langsam von meinem Zwangsfasten. Ich habe versucht, auf den Stuhl zu klettern, um die Bewohner des Hauses gegenüber zu beobachten, aber der Schwindel behielt die Oberhand über meine Hartnäckigkeit. Ich musste zur Matratze zurückkriechen. Das Klo stinkt. Ich werde alles putzen müssen, ohne Lärm zu machen. Michel hat das Kippfenster in der Toilette offen gelassen. Wenn er da ist, macht er Lärm, um den Nachbarn von unten anzudeuten, dass das Zimmerchen von Zeit zu Zeit bewohnt ist. Sie und ihr alter Bronchitiker, der die ganze Nacht hustet, ahnen sie, dass ich da bin? Auf das Parkett habe ich Decken gelegt, um meine Schritte zu dämpfen, aber ist man sich je sicher? Sie ahnen bestimmt etwas. Michel kann die Vorräte, die er mir bringt, noch so verbergen, die kleinen Alten, die den ganzen Tag nichts zu tun haben, werden sich denken, dass dieser Junge, der in seiner Bude einkaufstaschenweise Waren stapelt, keine reine Weste hat. Wissen sie, dass er Konservendosen transportiert und nach jedem Besuch die leeren Behälter wieder mitnimmt?

Um mich zu beschäftigen, habe ich beschlossen zu schreiben. Wenn, dann jetzt. Ich habe schon mehrere Seiten mit Anekdoten gefüllt, eine verrückter als die andere. Bei seinem nächsten Besuch werde ich sie Michel zeigen. Was wird er davon halten?

Panik heute Morgen. Jemand hat eine ganze Weile vor der Tür gestanden. Der Knauf hat sich bewegt. Zum Glück lag ich im Bett. Ich atmete kaum. Die Schritte entfernten sich, dann kamen sie wieder, bevor sie sich erneut entfernten. Wer kann das gewesen sein? Die Nachbarin von unten? Ich hatte den ganzen Tag Magenkrämpfe. Wäre doch Michel da! Die Angst, entdeckt zu werden, schnürt mir den Magen zu, und die Migräne wird immer unerträglicher. Ich hatte vor, in der Nacht rauszugehen, aber das kommt nicht mehr in Frage.

Neuer Alarm. Es ist ganz offensichtlich die Frau unter mir, die mich so in Angst versetzt. Diesmal kam sie in Begleitung ihres Mannes. Einen Moment blieben sie auf dem Treppenabsatz stehen und schwatzten. Sie insistierte, es könne sein, dass Michel ein Dealer sei oder etwas von der Sorte. Man müsse aufpassen, dass sich das Haus nicht in ein Hehlernest verwandle. Zurückhaltend warf der Ehemann ein, man könne den jungen Mann nicht aufgrund irgendwelcher vager Vermutungen verdächtigen. Die Alte, nicht überzeugt, brummte etwas, bevor sie ihren Typen, der nicht aufhörte herumzuhusten, die Treppen hinunterschob. Ich fürchte den Tag, an dem das Aas die Polizei verständigt.

Nachdem Michel da gewesen war und ich ihm meine Geschichten gezeigt hatte, nahm ich meinen Beobachtungsposten wieder ein.

Die Frau aus dem zweiten Stock hat einen erstaunlich jungen Körper für ihr Alter. Madame Immertipp, wie ich sie nenne, empfängt zweimal die Woche zwischen fünfzehn und siebzehn Uhr den Riesen, für den sie sich immer zurecht macht. Vom Morgen an ist sie in Trance, erledigt in aller Hast das Frühstück, öffnet die Fenster, wischt Staub, poliert, stellt Rosen in eine Vase, schwingt singend den Kochlöffel, isst zu Mittag, dann zieht sie sich um und wartet auf ihren Gorilla . Ihr Elan überwältigt mich. Um punkt fünfzehn Uhr stürzt sie zur Tür und ein Hurrikan trägt sie bis ins Bett. Das Tier wirft sie ohne Rücksicht auf das Federbett und deckt sie mit Küssen zu. Sie tut so, als ob sie sich wehre, den Angreifer zurückstoße, wird dann langsam schwächer, während der Typ sie umstandslos ihrer Kleider entledigt. Dann stürmt er zum Fenster und zieht die Vorhänge zu. Den Rest muss ich mir vorstellen.

Während ich auf den Weggang des Liebhabers warte, suchen meine Augen die Wächterin vom Erdgeschoss, die pausenlos strickt und dabei die Straße beobachtet.

Gegen Ende des Nachmittags lässt sie ihr Werk sinken und führt, den Kopf mit einem karierten Tuch bedeckt, ihren ausgemergelten Spaniel auf seinen täglichen Spaziergang. Sie schwatzt eine Weile mit dem Schuster, der seine Höhle nie verlässt. Sie bleibt auf der Türschwelle stehen, zieht von Zeit zu Zeit an der Leine, um den Spaniel daran zu hindern, sie zur Eiche zu ziehen, die er unweigerlich, ein Bein in der Luft, aus seinem kümmerlichen Geschlecht mit einem langen, dampfenden Urinstrahl begießen wird.

Nachdem sie mit ihrem Liebhaber fertig ist, von Zärtlichkeiten gesättigt, schlüpft Madame Immertipp in einen chinesischen Morgenrock und setzt sich ins Wohnzimmer, um inmitten ihrer Katzen, die sie mit ihrer Zufriedenheit ansteckt, Tee zu trinken. Sie streckt ihre langen Beine und raucht, sich die Brust streichelnd, um der Lust nachzufühlen, die ihren Körper eine Stunde zuvor verzehrt hat. Ganze Abende habe ich mir den Kopf zerbrochen über ihren Beruf. Wäre sie Schriftstellerin, es würde mich nicht wundern. Welcher andere Beruf riefe eine solch unbändige Freude hervor bei jemandem, der den ganzen Tag auf einer alten mechanischen Schreibmaschine herumhackt? Ich irre vielleicht, aber das hat keinerlei Bedeutung. Ich sehe sie in dieser Funktion und das genügt mir.

Wenn ich könnte, würde ich an ihre Tür klopfen, um ihr mein Tagebuch zu zeigen. Würde sie mich empfangen? Ich sehe wohl furchterregend aus, obwohl Michel das abstreitet und mir versichert, ich hätte zugenommen. Ich habe eine aschgraue Gesichtsfarbe, mir fehlt das Tageslicht. Oft sehe ich mich an einem Strand liegen unter einer sengenden Sonne, die Haut von Wind und Salz verbrannt. Wenn ich aus dem Traum aufwache, schlottere ich. Ich setze mich im Schneidersitz auf die Matratze, eine Decke über den Schultern, und wippe mit dem Oberkörper vor und zurück, bis ich aufhöre zu zittern.

Seit zwei Tagen fällt kein Schnee mehr. Es wird immer kälter. Ich gehe im Kreis, um nicht zu frieren. Ich habe drei Pullis und zwei Hosen übergezogen, aber mir ist trotzdem kalt. Unmöglich zu heizen. Wann hört dieses Begrabensein endlich auf?

Michel hat mir schlechte Neuigkeiten gebracht. Seine Eltern drehen ihm den Geldhahn zu. Wenn er keinen Halbtagsjob findet, wird es ihm unmöglich sein, die Miete für das Zimmer zu bezahlen. »Du kannst weiter hierbleiben«, sagte er, aber es kam nicht von Herzen. Ich wollte ihn trösten und erinnerte ihn daran, dass ich eines Tages wohl oder übel eine Lösung finden müsse. Nur welche? Ich habe keine Ahnung, aber ich kann nicht ewig eingesperrt bleiben.

Die Kontrollen sind zwar weniger streng geworden, aber sie haben noch lange nicht aufgehört. Zehntausende von Illegalen wurden in Notlager gepfercht und warten auf die Rückführung. Ihre eigenen Länder wollen sie nicht mehr haben, und jetzt hat sich die UNO eingemischt.

Oft erklären die Abgeschobenen, sie seien staatenlos. Eine Armee von Dolmetschern hat den Auftrag, die Bullen zu unterstützen, um das Herkunftsland der Unerwünschten herauszufinden. Einige haben sich das Leben genommen, andere Revolten angezettelt oder sind geflohen. Die Sicherheitsmaßnahmen wurden verschärft. Um die Lager wurde ein dreifacher Sicherheitsgürtel gezogen. Die anfangs häufigen Ausbrüche sind seltener geworden. Die Leitung der zivilen Luftfahrt hat die Fluglinien verpflichtet, ihre Maschinen für den Transport von Abschiebehäftlingen zur Verfügung zu stellen. Um ihre Wählerschaft nicht zu verunsichern, hüllen sich die Linksparteien in Schweigen. Einzig kleine Gruppierungen führen ihren Kampf gegen die Massenabschiebungen weiter. Es bleibt mir nur noch, in meine Heimat zurückzukehren und zu hoffen, dass das Glück (welches Glück?) mir beistehe. Der Blonde und die Rothaarige sind in den Winterurlaub gefahren. Die Alte vom Erdgeschoss hat sie die ganze Zeit beobachtet, während sie ihre Skier auf das Dach ihres Autos luden. Der Dicke hat sich ebenfalls auf den Balkon gestellt, seine unvermeidliche Bierflasche in der Hand. Seine magere Hälfte ist seit mehreren Tagen verschwunden. Ist sie verreist? Ich kann mir auch vorstellen, dass sie sich getrennt haben, aber die Hypothese ist unwahrscheinlich. Es gibt Menschen, für die man sich kein anderes Schicksal vorstellen kann, als gemeinsam auf der Schneide des Hasses zu balancieren.

Der bleiche junge Mann öffnet seine Fenster nicht mehr. In der Nacht kann ich in den fassadenzugewandten Zimmern seine Bewegungen an den Lichtstrahlen erkennen, die durch die Ritzen der Fensterläden dringen. Ist er unglücklicher als ich? Hat er sich zurückgezogen vom Lärm der Welt? Redet er mit jemandem in der Einsamkeit seines Universums, betet er jeden Abend kniend vor der Statue der Nacht oder träumt er von Frauen mit üppigen Formen, das Gesicht versteinert, um keinen Anflug von Gefühl zu zeigen?

Denkt er ausschließlich an seine Mutter, deren Schoß er nie verlassen wollte und der er vorwirft, ihn zerbrechlich und hilflos den Wirrungen des Lebens ausgesetzt zu haben? Dieser Junge ist seltsam, oder nicht? Sich so konsequent von den Massen zurückzuziehen, wohingegen ich nur einen einzigen Wunsch habe: vor die Leute zu treten und ihnen zu sagen, dass ich sie liebe; dass meine Liebe für sie so groß ist, dass ich kaum ohne sie überleben kann.

Der Tag der Abreise rückt näher. Ich bereite mich geistig darauf vor. Schwierig mir vorzustellen, ich könne dies mit dem Glücksgefühl eines Freigelassenen tun, wie wenn man eine Verlobte in die Arme schließt und mit ihr eingehakt über die Wege spaziert und leise Worte sagt oder überhaupt nichts. Draußen wäre ich im Gefängnis. Hier drin bin ich frei, aber ich existiere nicht.

7

Die Tage vergehen, die Angst wächst. Erinnerungen steigen auf aus einem Schacht, den ich verschlossen glaubte. Ich sehe die Gesichter vor mir, die mich in meiner Kindheit begleitet haben. Meine Albträume sind bevölkert von den hassverzerrten Mienen der Bullen, die mich pausenlos verfolgten. Ich könnte ihre Ticks beschreiben, ihre Manien und ihren Dünkel.

Mein ständiger Verfolger war eine Bestie, deren Züge ich nachzuzeichnen begann, bis zur Karikatur. Jedes Mal, wenn ich mir meine Verhaftung vergegenwärtige, muss ich an ihn denken. Selbstgefällig, von sich eingenommen, liebte er es dermaßen, sich in Szene zu setzen, dass der Ausdruck »lass uns mal auspacken«, den er in den Verhören so oft benutzt hat, ein ziemlich treffendes Bild von ihm gibt. Ich lasse ihn sein Leben erzählen, ihn, der mich meines mit Hilfe des Gasbrenners, mit dem er meine Haut ansengte, so oft wiederholen ließ. Nichts ist einfacher als ihn zu beschreiben. Es genügt, seine Stimme nachzuahmen und zu sagen:

Ich heiße Abdelkader Bot und ich hasse diesen lächerlichen Namen. Seit Kurzem habe ich einen anderen, mehrere andere, maßgeschneiderte, wie meine Verkleidungen, meine Hemden, meine Westen, meine Schuhe. Ich setze sie intelligent ein, immer mit einem Ziel, je nach zu erledigendem Auftrag. Sie passen gut, tragen sich leicht, sind attraktiv, sympathisch. Ich habe Zeit gebraucht, sie zu finden, habe immer diejenigen verworfen, die zu Verwirrung Anlass gaben, die angeberischen, grotesken, komödiantischen. Der Name ist wichtig. Er ist ein Markenzeichen, ein Label, ein Klang, der auf die Art des Menschen schließen lässt, ein Persönlichkeitsmerkmal. Die meisten meiner Kollegen nehmen den Erstbesten, der ihnen einfällt, staffieren ihn aus, tragen ihn als Perücke, lassen ihn nicht mehr los. Er verfällt, verwaschen, abgenutzt, untragbar geworden. Sie tauschen ihn gegen einen anderen aus, ebenso schlecht gewählt, bis sich auch dieser in eine Reliquie verwandelt, und so fort. Die Unerbittlichsten vertrauen dem Telefonbuch, schlagen es auf, schließen die Augen, lassen ihren Zeigefinger wandern, halten unvermittelt an, nehmen mit dem Namen vorlieb, den sie unter dem Finger finden, wie sie es mit einer möblierten Wohnung tun würden.*

Schon als ich ganz klein war, habe ich meinen Namen gehasst. Der erste Schultag war ein Martyrium. Meine Kameraden lachten mich aus und traten ihn mit Füßen. Was für eine Idee, so einen Namen zu haben! Hätte ich Sandale oder Korb geheißen, es wäre dasselbe gewesen. Den Namen einer Fußbekleidung tragen, das tut man nicht. Ich warf meiner Fami-

* Klingt wie französisch »botte«, Stiefel

lie vor, mich mit einem Spitznamen ausstaffiert der Meute zum Fraß vorgeworfen zu haben. Woher kommt dieser Name, den ich wie ein Schicksal angenommen habe? Ich konnte ihn verteidigen, so viel ich wollte, nichts zu machen. Einen solchen Namen versteckt man oder trägt ihn triumphierend vor sich her, indem man ihm magische Ursprünge andichtet, eine legendäre Vergangenheit, eine sichere Zukunft. Während ich auf eine Eingebung wartete, verteidigte ich ihn mit Fäusten und Füßen, und mit meinen Zähnen. Es kam nicht selten vor, dass ein gemeiner Kopfstoß den Herausforderer zu Boden warf. Ich hatte schon die Visage, die ich habe, die gewölbte Stirn, die abstehenden Ohren. Außer den Falten und dem Schnurrbart hat sich mein Gesicht nicht groß verändert.

Ein Bulle lernt nichts in der Schule, oder nur wenig. Die großen Theorien, die auf Papierfetzen gekritzelten Finten, die Geostrategie von der Straßenecke, das alles ist nicht seriös. Der wahre Beruf dringt durch die Fußsohlen ein, gräbt sich unter die Haut, steigt langsam ins Hirn. Ein Bulle überlegt mit all seinen Sinnen. Diejenigen mit verschnupfter Nase, ohne Augen im Kopf, mit verstopften Ohren und lahmen Füßen gehen anderswo suchen. Als Refugium finden sie allenfalls die Wissenschaftologie, das heißt, die wissenschaftliche Bullerei. Solche werden nicht aufgenommen. Sie werden bestenfalls Informanten, Kollaborateure und nichts anderes. Man wird sie distanziert behandeln, besser als die Spitzel, aber auf Abstand. Es braucht Grips, Saft in den Knochen, Denkvermögen in Zusammenhängen, Kaltblütigkeit. Wir wurden über Kleinanzeigen rekrutiert und in der »Schule« ausgebildet, einem Gebäude ohne Lächeln oben auf den Hügeln, verbarrikadiert hinter dem Schild eines Instituts für Stratosphärenforschung.

In diesem Kloster ohne Pfarrer schlüpft man fürs ganze Leben in seine Bullenhaut. Der für das Aufblühen großer Karrieren geeignete Ort hat meine Neigungen bekräftigt. Ich wusste schon als ich ganz klein war, dass ich dem Orden beitreten würde, mit diesem Training, das ich mir auferlegt hatte, pausenlos alles auszuspionieren. Ich hatte diese Neigung seit meinen frühen Jahren gespürt. Meine ganze Umgebung wurde zum Gegenstand sorgfältiger Beobachtungen, meine Kameraden ohne Ausnahme, der Lehrer, dieser von Rheuma zerfressene Greis, der sich gerne einen Cocktail aus Rotweinen verschrieb, ein unverbesserlicher Liebhaber, in dessen Schreibtischschubladen Hefte mit Gedichten für Dulzineen lagen, die nicht lesen konnten. Nichts konnte meinen Notizen entgehen. Dieses Interesse für die Wissenschaften wurde angestachelt durch die diskrete Überwachung der Kubba von Ben Okbi, des Kommens und Gehens zu und von der feindlichen Kuppel. Stolz auf meine Begabung vertraute mein Vater mir die Aufgabe an, beschwichtigte die Skeptiker, erteilte den Gegnern eine Abfuhr. Dieser Auftrag war genau auf seinen Sohn zugeschnitten. Er hatte die Fähigkeiten.

Ich war der Urheber der Gerüchte, die den Ruf der verabscheuten Kubba und ihrer Anhänger aus der Bruderschaft definitiv ruinierten. Ich führte genaueste Untersuchungen durch, indem ich vor Ort Bruchstücke von Informationen sammelte und selbst in meinem jungen Alter nicht davor zurückschreckte, erschöpfende Wege zurückzulegen, um die Akten zu vervollständigen, sie mit Berichten aus sicherer Quelle anwachsen zu lassen. Ich finanzierte meine Reisen durch den Verkauf eines Sammelsuriums von in der Stadt gekauften Gegenständen, verschacherte sie mit einer rachsüchtigen Gewinnspanne an die Pilger, die um den Segen dieser leeren Blase der Geschichte betteln kamen, gegen die wir so viele Ressentiments hegten. Der Deckmantel als Straßenhändler hatte seine Vorteile. Wer würde einem kleinen Verkäufer misstrauen, der hinter seinem Stand steht? Frauen waren meine bevorzugte Zielscheibe. Aus ihrem unschuldigen Geschwätz fischte ich nach Belieben die gesuchten, zu verbindenden Elemente heraus und fügte sie eins nach dem anderen zur Kette, die mein Vater, der gewandte Propagandist, als Garrotte verwendete, um die, die seit jeher seine Feinde waren, zu erwürgen, diese auf ihr Grabmal so stolzen Ben Okbis, dessen grün gekachelte Kuppel uns vom anderen Ufer des Tals verhöhnte.

Keiner meiner neuen Kameraden konnte auf eine solche Berufserfahrung zurückblicken. Mangels genügender Diplome wurde ich nur zur Ausbildung als Unteroffizier zugelassen. Als schwacher Trost blieb mir der Gedanke, ich könne, ausgerüstet mit meiner Vergangenheit, mit meinem legitimen Ehrgeiz und mit den in kleine Stoffsäcke eingenähten Talismanen, die meine Mutter mir zu tragen auferlegte, den nächsthöheren Dienstgrad erklimmen. Diese Hoffnung hat sich in Luft aufgelöst, zersetzt durch Widerstände in Form der unablässigen Komplotte, die mir im Weg standen. Ich begann zu trinken und ergänzte diese Schwäche durch eine maßlose Begierde nach feiner Wäsche. Die Eleganz wurde meine kleine Sünde. Nach den kostspieligen Bars fing ich an, bei den

Schneidern ein- und auszugehen, skrupellose Halunken, die sich ihre Dienste teuer bezahlen ließen. Man kann sagen, was man will, und mir diese Verrücktheiten vorwerfen, ich bleibe unbeirrt. Ich bin der eleganteste Bulle im Haus. Dieses Auftreten, diese Eleganz bringen mir die kaum verhüllte Kritik von Vorgesetzten ein, die nicht mit ansehen können, dass ein einfacher Beamter in besserer Schale herumläuft. Sie kleiden sich wie Vogelscheuchen, kaufen sich irgendwelches Zeug, hüllen sich in die Lumpen, die man ihnen schenkt, verdächtigen mich, über meine Mittel zu leben und Schneider, Herrenwäscheverkäufer und Schuster zu erpressen, um ihre fehlende Distinguiertheit zu rechtfertigen. Ich gestehe, dass ihnen meine Klamotten lästig sind, dass sie ihre Sicht stören und ihrem Ehrgeiz einen Stoß versetzen. Es ist wahrscheinlich, dass sie für meine Schwierigkeiten verantwortlich sind. Meine Frau, die sanfte Yasmine, leidet genauso wie ich unter dieser mangelnden Weitsicht und klagt ständig über die missliebigen Blicke auf unseren Hausstand. Sie sagt, sie erkenne in den Kommentaren über meinen Dienstgrad diesen nackten Hass, der ständig gegen unsere Tür schlage, da er nicht in unser Haus eindringen könne. Sie schenkte mir sechs prächtige Jungen, deren Zukunft ich zu sichern gedenke, indem ich ihnen, kaum den Windeln entwachsen, die Grundlagen eines raffinierten Berufs vermittle, der Kühnheit und Intelligenz, manchmal sogar eine höhere Form des Denkens verlangt. Ich habe ihnen im Übrigen ein kleines Handbuch zusammengestellt, dessen Regeln sie in der Schule wie in unserem Haus fleißig anwenden werden. Der Apfel fällt nie weit vom Stamm.

Trotz der unbegründeten Kritiken respektieren die Vorgesetzten meine pedantische Professionalität. Was auch immer man mir für Aufträge gibt und für fürchterliche Rätsel zuschanzt, ich werde spielend mit ihnen fertig, ich kläre verwickelte Affären auf und trage meinen Teil zum Ruf der Kompanie bei. Der makellose Werdegang lässt bei meinen Neidern den Wunsch wachsen, ihn mir übel zu nehmen, wenn nicht gar mich verschwinden sehen zu wollen. Sie finden mich formversessen, pingelig, skrupellos, nörglerisch, zu Schwierigkeiten neigend, anspruchsvoll, kleinlich, pedantisch, protokollarisch. Ich lasse mich davon nicht beirren. Der Beruf hat diesen Preis. Wer will schon einen kurzsichtigen Bullen, der nicht mit der Vorsicht eines Sioux die Grundzüge einer Situation oder das Profil von Personen mit absichtlich verwischter Geschichte erfassen kann? Diese Pappnasen, die größtenteils die Psychologiestunden geschwänzt und ihr Blatt leer abgegeben haben, wollen mir Lektionen erteilen, weil sie meine Heldentaten nicht selber zustande bringen.

Zu meinen Kontakten gehören ausländische Geheimagenten, die mir berichteten – sie wenigstens haben es getan –, von einem As und gefährlichen Agitator enttarnt worden zu sein, dessen Skalp ich schließlich trotz seiner mühevollen Verschleierung miesester Machenschaften unter unverfänglichen Motiven gekriegt habe. Ich habe mich in seinen Freundeskreis eingeschlichen, ohne ihn zu belästigen oder seine Eigenliebe zu verletzen, wie es jeder beliebige von seiner Funktion überzeugte Idiot getan hätte. Fleißig wie immer nahm ich seine Taten und Worte unter die Lupe, notierte das kleinste Detail in mein in braunes Leder gebundenes Heft, das ich immer bei mir trage. Ohne im Geringsten darauf vorbereitet zu sein, entdeckte ich, dass dieser Rädelsführer von Ben Okbi abstammte, unserem Erbfeind. Muss ich meine Verwirrung nach dieser Entdeckung schildern, die, so zufällig sie auch war, doch immerhin eine Überraschung von einiger Bedeutung darstellte? Die folgenden Nächte waren nicht leicht.

Wie sollte ich diese völlig neue Situation anpacken? Sollte man über mich sagen können, ich hätte mein Amt missbraucht und auf einen persönlichen Feind geschossen? Eines Morgens packte ich den Stier bei den Hörnern und entledigte mich dieses Dilemmas. Ich beschloss, seine Herkunft auszublenden und mich auf meine Funktion zu konzentrieren: ihn rund um die Uhr zu bewachen, ihm nicht einmal den Bruchteil einer Sekunde zu lassen, um seine Intrigen zu spinnen. Dieser Schlange musste die Haut abgezogen, der Hals abgedreht und der Giftzahn herausgerissen werden. Die Berichte nahmen Gestalt an. Sie stapelten sich so hoch auf den Schreibtischen meiner Chefs, dass man mich zurückpfiff. Stimmte denn das alles? War das alles glaubhaft?

Sie trauten ihren Ohren nicht, als der Divisionskommissar mich rufen ließ und ich ihm, durch Beweise gestützt, die Machenschaften des Verdächtigen aufzählte. Ein Raffinierter aus bester Schule, wie ich sie liebe, so undurchsichtig, dass sie einem Kopfschmerzen bereiten.

Ich kann bezeugen, dass der Lebenswandel des Verdächtigen mustergültig war; kaum einige Flecken im Steckbrief, ein oder zwei Junggesellenticks wie etwa die Unterwäsche selber zu waschen, in einem Appartement in einer Nachbarstadt eine Frau zu treffen und auf der linken Ablage seines Bücherregals neben einer Reihe verbotener Streitschriften eine Sammlung von Holzkatzen zu pflegen, denen er extravagante Namen gegeben hatte. Im Übrigen nichts zu beanstanden, er führte ein vorbildliches Leben. Zu glatt, um wahr zu sein. Irgendwo musste ein Riss sein, und ich habe ihn entdeckt. Er steckte in einem explosiven Dossier, in dem der Verfasser behauptete, das zur Schaffung von Stellen für junge Arbeitslose bestimmte Geld werde von den Baronen unseres Regimes unterschlagen. Die Schublade zu knacken, war ein Kinderspiel. Der Kopierer tat seine Arbeit. Endlich hatte ich das Corpus delicti. Über meinen Dienstgrad brauchte ich mir keine Sorgen mehr zu machen. Yasmine gratulierte mir auf ihre Art, indem sie mir ihre Crêpes au miel zubereitete, wie nur sie es kann. Ich rannte los und ließ mir einen neuen Anzug schneidern. Er hätte sich eben mäßigen sollen, der Präsident der Liga der arbeitslosen Studienabgänger!

Kurz darauf schlug er mir vor, mir bei meiner Öffentlichkeitsarbeit für die Liga behilflich zu sein. Er spürte, wie sich die Schlinge langsam zusammenzog. Ich tat so, als verstünde ich nicht, warum ein Mann in seiner Position die Zeit verlieren sollte, mir bei einer so einfachen Aufgabe zu helfen, wo er doch so viel zu tun habe. Man sollte sich nie etwas anmerken lassen, immer intelligent dreinschauen, über die Schulter des Gegenübers, kaum den Mund öffnen. Einen erstaunten Ausdruck in die Augen legen. Einzig dieser Blick kann dem Schuldigen sagen, dass er seinen Lohn schon noch bekommt und ihn bald Arme von oben greifen und in die Watte des Nichts befördern werden. Sobald die Frage geregelt ist, *kann man in sein Taschentuch spucken und seine Schuhe polieren, damit sie an der Sonne glänzen.*

Der Aufrührer wurde im Morgengrauen im Bett seiner Geliebten verhaftet, einer Studentin ich weiß nicht welcher Fakultät, die zur Begrüßung ein paar Ohrfeigen erhielt. Er hat ein Geständnis abgelegt, ohne dass ihm ein einziges Haar gekrümmt werden musste. Diese Salonrevolutionäre sind die größten Memmen, die man sich vorstellen kann.

8

Wieder schneit es. Mir ist kalt und ich habe Hunger. Ich habe meinen Oberkörper unter den Pullovern und der Jacke mit Zeitungen umwickelt, aber es hilft nichts. Um mich aufzuwärmen, habe ich in einem Topf die letzten Tropfen Alkohol verbrannt. Der Nachteil bei dieser Methode liegt darin, dass ich während eines kurzen Augenblicks vor Hitze ersticke, bevor die Kälte doppelt zubeißt. Ich habe noch einige Konservendosen, aber ich ziehe es vor, mit dem Bestand zu haushalten. Das Unglück letzten Monat war mir eine Lehre.

Heute früh habe ich mich mit Keksen begnügt, die ich in mit ein wenig Wasser verdünnte Kondensmilch getunkt habe. Ich liebe Kondensmilch. Sie erinnert mich an früher, das Heimkommen aus der Schule, wenn ich mich auf den Fliegenschrank stürzte, um eine Brotscheibe mit dieser süßen Paste zu betropfen, die weich herunterfiel, sich auf der Krume ausbreitete und mir die genüsslich abgeleckten Finger verklebte. Messaoud, unser Kater, kam angerannt und rieb sich an meinen Beinen, damit ich ihm in einer mit Vorwürfen gespickten Geste der Großzügigkeit einige Tropfen seiner bevorzugten Süßigkeit auf den Boden fallen ließ. Meine Mutter schimpfte mit mir und warf mir vor, ich verhätschle den Kater, den sie als Erste mit Resten mästete und vor den Verfolgungen der Jungen aus der Nachbarschaft beschützte. Messaoud schnurrte und kam hinter mir hervor, Schnauze im Wind, in Erwartung des Augenblicks, in dem ich den Brotrest auf einen Stein legen und mich ins Gewühl der Spiele meines Alters stürzen würde. Dann packte er die Beute, um sein Mahl auf dem Dach zu beenden, geschützt vor fremder Gier.

Ich rede eigentlich nur aus Hunger. Manchmal setze ich mich in ein Restaurant und bestelle eine riesige Auswahl an Gerichten. Im Allgemeinen fange ich mit einer Fischsuppe oder einem Salat an, dann genehmige ich mir ein *Entrecôte à point,* wenn nicht gar ein Rumpsteak vom Grill mit Erbsen und goldbraun gebratenen Kroketten. Ich beende das Mahl mit einem Früchtekorb, häufiger einem *Flan maison,* meinem Lieblingsnachtisch. Das Ganze begieße ich mit einem guten Rotwein.

Es ist Weihnachten. Die Glocken hören nicht auf zu läuten. Der Dicke gegenüber hat sich eine Tanne gekauft, die er mit bunten Girlanden schmückt. Ich warte auf den Augenblick, in dem er seine Bierflaschen dranhängt. Er verbringt seine Zeit zwischen dem Fernseher, den Mahlzeiten in der Küche und dem Bett.

An manchen Tagen geht er einkaufen, aber er bleibt nie lange weg. Seine Frau ist nicht zurückgekommen. Er hat nun niemanden mehr zum Anschreien. Manchmal gestikuliert er in Richtung des Fernsehers, aber ich verstehe nicht, was er sagt. Eines Tages wird er sich selber beschimpfen.

Die Rothaarige macht ihre Nägel in knapper Bekleidung, den Hörer zwischen ihrem Ohr und der nackten Schulter. Sie bezahlt sicher astronomische Rechnungen. Vom Morgen an klebt sie am Apparat und lässt ihn bis zum Abend nicht mehr los. Was hat sie so Interessantes zu erzählen?

Madame Immertipp ist seit einigen Tagen nicht da. Der Drache vom Erdgeschoss kümmert sich um ihre Katzen. Am ersten Tag hat die Alte alles durchsucht und vor allem die Blätter neben der Schreibmaschine gelesen und wiedergelesen, begleitet von heftigem Kopfnicken. Wäre ich ein Kater, ich würde Frauchen bei ihrer Rückkehr alles erzählen. Vorher würde ich mit ihrer Brille entziffern, was sie so enthusiastisch geschrieben hat, aber die Menschen haben den Miezekatzen noch nie erlaubt, zur Schule zu gehen, darum können sie nicht lesen. Sie können nur ihre langen, seidigen Haare an den Beinen ihrer Herrin reiben, ihr das Gesicht lecken oder schnurrend auf der duftenden Wärme ihrer Brüste liegen.

Die letzten Tage schien Madame Immertipp weniger glücklich. Ihr Matador ist zweimal nacheinander nicht aufgetaucht. Haben sie sich zerstritten?

Ich träumte erneut von Madame Immertipp und ihrem fiebrigen Körper. Wir liebten uns bei offenen Vorhängen. Ich warf mich auf sie, sobald sie die Tür öffnete. Sie schluckte einen Aufschrei des Erstaunens hinunter, aber ich ließ ihr nicht die Muße der Überraschung. Ihren Mund mit fiebrigen Küssen bedeckend, trug ich sie auf meinen Armen und warf sie auf das Bett. Sie stieß einen Seufzer aus, dann drückte sie ihren Körper gegen meinen. Eine Ewigkeit navigierten wir auf den Wellen der Lust, atemlos, mit ineinander verschränkten Fingern.

Ich zog sie langsam aus, trotz meiner Lust, sie schnell zu nehmen, ihr mit meinem Geschlecht tief ins Fleisch zu dringen, sie zu zerreißen, damit sie jubiliert und schreit. Ich nahm sie mehrere Male hintereinander in einer ununterbrochenen Folge von heiseren Schreien. Ich schrie und brüllte. Sie weinte und flüsterte mir ins Ohr: »Komm, ja, mehr.« Wir sprangen in einen See der Erlösung und tauchten wieder daraus hervor, unsere Körper durchgeknetet von den gelinderten Leidenschaften. Sie legte meinen Kopf auf ihre Brüste und streichelte ihn lange, dann döste ich auf ihrem Körper ein, gesättigt von Zärtlichkeiten.

Wir schliefen tief, trunken von Erinnerungen, mit ineinander verschlungenen Gliedern, vereinigt in unserer Einsamkeit und unserem Durst. Bei Tagesanbruch streckte ich mich, gähnte und entdeckte einen hellen Strahl, der über die Zimmerdecke kroch. Die Sonne war zurück. Ich hatte sie nie mit so viel Sehnsucht und Erfüllung erwartet.

Ich habe meine Aufzeichnungen wiedergelesen und gelacht über diese Hirngespinste. Sie sehen mir überhaupt nicht ähnlich, sind aber doch aus meiner Feder geflossen. Ich zögere, das Tagebuch weiterzuführen. Was soll das, eingeschlossen in eine nach Feuchtigkeit und Moder riechende Mansarde Seiten zu füllen? Ich ersticke regelrecht, wenn ich von einem Spaziergang zurückkehre. Gestern musste ich auf der Stelle wieder raus, trotz der Panik, die meine Waden zusammenschnürte. An der Ecke der Straße stolperte ich über einen Betrunkenen, der anfing, mich zu beleidigen. Ich musste die Beine in die Hand nehmen und zweihundert Meter zwischen uns legen, aber die Angst ging nicht weg. Ich war zu Tode erschrocken.

Ich überwand das Erstickungsgefühl, indem ich mich an die Luke der Toilette klammerte, um in großen Schlucken frische Luft zu trinken, die meine Angst besänftigte. Den Rest der Nacht musste ich ständig daran denken, was passiert wäre, hätte sich der Alki an meine Jacke geklammert.

Ich sah, wie die Fenster eins nach dem andern aufgingen und die Bewohner riefen: »Genug!« oder »Holt die Polizei, zwei Clochards schlagen sich die Köpfe ein.« Ausgehen ist riskant, ich sollte es lassen.

Wie werde ich Michel ins Gesicht sehen können, wenn ich entdeckt werde? Er riskiert viel und die Sorgen seiner Freundin machen ihre Haltung mir gegenüber nicht wohlwollender. Sie hasst mich.

Ich rede nicht von den Kosten, die er auf sich genommen hat, um mir unter die Arme zu greifen. Er sagt, seine Freunde unterstützen ihn, aber ich glaube ihm nicht, dass er mit anderen darüber redet. Michel ist zu verschlossen, um Vertraulichkeiten auszuposaunen. Ich wünschte, ich könnte ihm seine Großzügigkeit erwidern, und sei's nur eine Handvoll.

Wenn ich daran denke, dass ich von denjenigen im Stich gelassen wurde, die sagten, sie seien meine Freunde. Was für eine Gefühlsverschwendung! Sie haben mich fallen lassen, in die Brennnesseln geschmissen, dabei ihren Blick abgewendet und die Straßenseite gewechselt, sie taten so, als sähen sie mich nicht, verschlossen ihre Türen vor mir und versagten mir sogar die Worte, die ich von ihnen erwarten konnte.

9

Der Schlaf ist eine Falle. Ich schlafe die ganze Zeit und schließe die Türen der Erinnerung in meinem ausgemergelten Körper. Ich tauche auf und wieder ein, schwimme im Erinnerungsstrom, wache brüllend auf und lote mit einem stummen Schrei die Grenze des Möglichen aus. Zu schreien tut mir gut, denn niemand hört mich. Ich habe den Eindruck zu krächzen, mich nur kurz an einer Liane festzuhalten, bevor ich erneut in den Abgrund stürze.

Heute Nacht, ich weiß nicht genau wann, hat mich eine Stimme besucht. Sie kam von so weit her. Ich beantwortete ihre Fragen, manchmal verärgert, dass sie so viel über mich weiß. Ich sagte ihr, ich gebot ihr, mich in Ruhe zu lassen, mich nicht mehr zu belästigen, aber sie ist da geblieben, neben dieser stinkenden Matratze, und macht mir das Leben schwer. Ich habe nachgegeben, um meine Ruhe zu haben. Ich erzählte ihr, was sie wissen wollte. Wollen Sie das auch alles wissen? Ich möchte nur schlafen, damit dieser kreischende Mühlstein in meinem leeren Bauch endlich aufhört sich zu drehen.

Aus dieser Straße komme ich. Aus diesem unregelmäßigen Schlauch. Es ist warm. Die ekelerregende Süße der aufgerissenen Müllsäcke am Straßenrand steigt bis in den ersten Stock hoch. Ich drehe mich um. Die Mauer hat nichts von ihrer Geografie der Feuchtigkeit verloren. Ihre Erinnerung blättert schwitzend ab. Dieser April pisst Regen und Blut. Ich habe keine Angst mehr, nur noch ein bisschen Lust zu hassen. In mir sind Hass, Schmerzen und Angst. Erinnerst du dich? Lach nicht, Schwachkopf. Du hast an alle Türen geklopft. An die, die dir vertraut schienen, und an andere. Die Türen haben dich abgewiesen. Nicht deine Freunde, sondern ihre Türen haben dich abgewiesen. Sie hatten Angst, dass du sie mit deinem Blut beschmutzt. Jetzt starrst du auf die Mauer, um die Türöffnung nicht mehr sehen zu müssen. Genau, versteck deine Schande, versteck deine Augen. Du wirst noch andere Leute anstarren können. Besser ist, nichts zu sagen, nichts zu spüren. Halt deine Ohren zu. Du wirst nichts hören vom Staccato der Waffen und der Schreie. Tränen können auch laut sein. Wenn du dich auf das Balkongitter stützt, hörst du das Rauschen der Stadt. Überall Lärm. Außer im Viertel *La Cochonne*, unterhalb des christlichen Friedhofs. Niemand will diesen Namen. Du hast dort gelebt, wo die blühenden Mispeln dem Frühling einen Geruch gaben. Es war so kalt in jenen Jahren. Direkt hinter dem Anbau des Berufsbildungszentrums, wo du die abgetragene Kleidung deiner Jugend an den Haken gehängt hast, verlief ein Wadi. Der Beton hat die Mispeln begraben. Du schriebst Gedichte, bevor das Asphaltband und die Betonwürfel die Poesie verschluckten. Du möchtest nichts hören. Auf der anderen Seite der Mauer schreit ein Baby. Deine Hände sind feucht. Du schwitzt. Warum nicht? Schwitz dich aus. Deine Freunde haben dich regelrecht verarscht. Es ist ein allgemeines Rette-sich-wer-stinkt. Du wirst es ihnen nicht übel nehmen, nicht wahr? Sag nichts Vulgäres. Du warst immer ein Typ mit Bildung. Es hilft nichts, sie mit Beschimpfungen zu überhäufen. Sie wüssten nichts damit anzufangen. Und übrigens, das musst du gestehen, du hast noch nie Freunde gehabt. Du warst schon immer ein Einzelgänger. Sei nicht stur. Es lohnt nicht. Die Spritztouren, die großen Diners, ja, das war gut. Meistens hast du bezahlt, klar, dass ihnen das gefiel. Du hast immer bezahlt. Du hast dich wie ein Kind reicher Eltern benommen. Die Spendierlust quoll dir aus allen Poren. Beim geringsten Anlass zuckte deine armselige Großzügigkeit auf. Du konntest verhungern, aber du musstest trotzdem bezahlen. Du brauchtest ihre Anerkennung, sie sollten die Brosamen ihrer Bewunderung in deine Taschen werfen. Das hast du jetzt davon: Sie haben dich bewundert, aber nie geliebt. Du hast sie dazu gebracht, jemanden zu hassen. Sie haben sich nicht zurückgehalten. Zu kompliziert, dir den Unterschied zwischen *signifiant* und *signifié* zu erklären. Du könntest viel direkter sein, einfach ... ach, ich weiß nicht. Schau, du stellst dir vor, dass sie dir etwas übel nehmen. Das stimmt nicht einmal. Du hast sie nur genervt mit deinem gewissen Etwas ... Diese Lehrerarroganz, dieser ins Gesicht geklatschte Stolz. Du hast dir immer zu viel Mühe gegeben. Und du wolltest, dass sie dich lieben? Erinnere dich an den Typen, der einen Zahn auf dich hatte, der sein ganzes Leben einen Zahn auf dich haben wird. Ihr hattet euch in der Wüste verlaufen. Er heulte, es lief ihm vor Schiss aus allen Löchern, und du musstest ihm den großen Bruder spielen. Sie waren älter als du, diese Typen, sie hatten Panik, einfach so abzukratzen, und du, du spieltest Pfadfinder. Was musstest du sie aufmuntern, ihnen irgendwelche verdammten Ratschläge geben? Du hättest es ihnen bloß nachzumachen brauchen. Sie hätten dich geliebt. Du hast Pech gehabt und dich auch da voll in die Patsche gesetzt. Hast ihnen den kleinen Heldenratgeber heruntergebetet. Resultat: Die Typen sind sauer auf dich, weil du ihnen ihre Verzweiflung geklaut hast. Man überschüttet jemanden nicht ungestraft mit Mitleid. Das muss man eines Tages teuer bezahlen. Hättest du wie ein Weichei geflennt, wäre nichts passiert. Sie hassen dich noch immer dafür. Aber was nützt Reden? Du kannst nicht schlafen? Du denkst immer an dein Viertel? Du wirst dir noch mehr Feinde machen. Sie mögen es nicht, dass man ihr Loch so nennt. Ah! Das Viertel *Panorama* war nicht schlecht. Und das Pinienwäldchen hinter dem Gymnasium. Hier hast du in die Lippen von ... gebissen. Erinnerst du dich? Sie wollte, dass du sie küsst, nicht, dass du sie blutig beißt. Das war einmal. Du wirst dieses Pinienwäldchen nie mehr sehen, nicht einmal mehr auf einem Kalenderblatt. Und das Stadion? Was ist mit dem Stadion? Wird da noch Fußball gespielt? Kannst du es dir vorstellen, vollgestopft mit Gefangenen?

Da stehst du nun, dazu verdammt, die Schläge zu zählen und die Wege abzulaufen, auf der Suche nach deinem Tod, für den du in den funkelnden Stunden der Nacht einen Grund erfindest, im Straßengraben oder in einem Türeingang versteckt auf dich zu warten. Es macht dir nichts aus, dass sie einen Eimer Blut vor deine Tür geschüttet haben, dass der Hämoglobin-Teppich dicke Flocken bildete, Klumpen von einer klebrigen Aktualität. Die Nachbarn machten auf dem Weg zur Arbeit einen Bogen um die Mahnung. Das macht dir nichts aus. Du denkst an nichts. Du bist nichts. Du bestandest schon immer nur aus zwei Stöcken mit einem Brett drüber als Oberkörper und einem Klotz mit zwei Löchern als Augen. Es beruhigt dich zu wissen, dass du überlebt hast. Deine Waden schmerzen. Sie sind so hart, so hart. Du schläfst nicht mehr. Du schreist und hinderst die Nachbarn am Schlafen. Alle haben Schiss. Außer den Nachbarn. Sie haben eine heldenmütige Offenheit an den Tag gelegt. Sie wollen, dass du gehst, dass du sie und ihren Seelenfrieden in Ruhe lässt. Sie, sie haben nichts getan. Sie wollen nur keine Scherereien. Du bist zu gefährlich. Selbst deine Eltern? Was sollen die schon sagen? Das ist nicht unser Fehler. Könntest du das verstehen? Es könnte ja sein …

Sie kamen ein erstes Mal und umstellten die Siedlung. Auf einmal ging ein Alarm los in deiner Birne. Du musstest sowieso weg, das hattest du geplant, aber der Alarm sagte dir: »Geh, hau ab, schnell, schnell …« Du nahmst deine Jacke und gingst ... Was sagst du? Wärst du gegangen, wenn du nicht vorher schon vorgehabt hättest, es zu tun? Vielleicht ... Lüg nicht. Hör auf, dir einen Film vorzuspielen. Das ganze Leben hast du dir einen Film vorgespielt. Wärst du gegangen? Du wärst gegangen. Du hast deine Jacke genommen und ... Er kam nicht allein. Er kam mit einer Bande von Kumpels, bis an die Zähne bewaffnet. Sie suchten dich überall. Sie durchsuchten den Hof und warfen einen Blick unter deinen Schreibtisch. Sie gingen enttäuscht wieder weg. Du, du hast einen Überlandbus genommen oder ein Taxi, oder du hast den Daumen rausgehalten. Du hast so oft das Transportmittel gewechselt. Du hast die Busse überlebt, die Taxis, das Fahren per Anhalter, aber nicht deine Erinnerungen. Ein Typ, der den Daumen raushält, wie wichtig kann der schon sein? Dabei hast du den Leuten ganz schön Angst eingejagt. Du kultivierst die Leichtfertigkeit. Andere geben sich so viel Mühe, bewusst zu handeln, und du, du versuchst frischfröhlich, alles unbewusst zu tun. Du spinnst. Du machst einem Angst. Kann man mit einer solchen Selbstsicherheit seinen besten Freund mitten in den Busch führen? Ihm war nicht wohl in seiner Haut. Was für eine Idee, in diesem Nest einen Schuppen zu mieten! Der Eigentümer wollte ihn so schnell wie möglich loswerden. Du hast dich in die Patsche gesetzt, voll rein! Zu dritt seid ihr zum Plateau aufgebrochen. Alles war verlassen. Immerhin, der Wald schien dir ruhig zu sein. Du warst so angespannt. Dein Kumpel, in sich gekehrt, sagte nichts mehr. Der Eigentümer redete hingegen ohne Unterlass. Und du, du antwortetest ihm ruhig, um deine Angst zu verbergen. Plötzlich ging dir auf, dass ... Das Haus stand ganz unten, am Ufer des Wadi. Was für ein netter Anblick jenseits des Wassers: verkohlte Busse und Autos, angeschwärzte Bäume. Fehlten nur noch die Leichen. Und du, du warst da, um diesen unscheinbaren Schuppen zu mieten, ein Betonwürfel mit vergitterten Fenstern am Fuß eines Hangs mit fünfzehn Prozent Gefälle. Der reinste Wahnsinn. Alle Wege deines Lebens waren vermint.

Deine Stadt ist ein Paradox. Du hast eine Hassliebe für diese Stadt, diesen direkt am Wasser liegenden Orangenschnitz. Du kennst die Bewohner nicht. Du bist nie von einem von ihnen eingeladen worden. Bei deiner Tante und deinen Cousins, ja, ja, sicher, aber das ist nicht dasselbe. Ach, du nervst! Du willst nichts davon hören! Und deine lieben Freunde! Haben sie dir einmal die Tür geöffnet? Das einzige Mal, als ihr eingeladen wurdet, war nach einer Sitzung. Du warst der Einzige, der mitging. Die anderen haben dich in deiner Einsamkeit alleingelassen. Du musstest in schäbigen Speisesälen essen und deine Vereinzelung mit anderen Rittern der traurigen Visage teilen. Mit der Nase in der Suppe schlürften die Männer ihre Elendsbrühe. Stumm vermieden sie es, einander anzusehen. Du warst zwanzig. Manchmal musste man warten, bis man an der Reihe war, und schaute den in der Grabesstunde der Mahlzeiten zusammengepferchten Leidensgenossen beim Fressen zu.

Das Haus von S. wirst du als eine Insel der Ruhe in Erinnerung behalten. Du hattest zwei winzige Zimmer im Erdgeschoss und sie, die dich zum Tanzen bei den vornehmen Leuten mitnehmen wollte, wohnte darüber. Ali und Françoise hatten sich in den zwei vorderen Zimmern eingerichtet. Das Paar, an das du dich nicht mehr erinnern kannst, auf der anderen Seite des winzigen Gartens. Françoise hatte eine Fehlgeburt gehabt und darum wollte sie jetzt sterben. Du starrtest irgendwie gleichgültig auf das Blut, das aus ihren zerschnittenen Handgelenken spritzte. Schließlich beruhigte sie sich. Ali hatte dich zu Hilfe gerufen. Im Hof stand ein Zitronenbaum. Die Jungs vom Viertel luden sich zu euch ein, um ihre Joints zu rauchen. Sie hockten sich unter das Vordach und palaverten über die Erfindung der Welt. Du hörtest ihnen zu, auch wenn du scheinbar nicht gleich alt warst. Sie schienen dir so jung. Eines Abends fragte dich einer von ihnen über die Geschichte der Medina* aus. Du setztest eine Miene à la »Komm, ich erklär's dir« auf. Er lachte dich aus. Die Medina war gebaut worden, um den Wind abzuhalten. Das Haus leerte sich nach und nach. Sie gingen einer nach dem anderen. Sie als Erste. Ihr Vater war plötzlich gestorben. Sie schickte dir eine Karte und darauf hatte sie ihr Begehren in Worte gefasst, wie du sie aus ihrem Mund nie für möglich gehalten hättest.

* Muslimische Altstadt

Der Eigentümer, ein Taxifahrer mit einer Visage wie ein verbrannter Schakal, bat dich, neue Freunde dort einzuquartieren. Er hielt dich für einen Immobilienmakler. Am selben Abend packtest du deinen Koffer und stelltest ihn bei der Holländerin ab. Die Holländerin war ein Mistvieh! Du erinnerst ihren Namen nicht mehr? Na und? Du mochtest sie nicht und sie dich auch nicht. Sie wollte nur ihren Freund eifersüchtig machen. Das hinderte sie nicht daran, dir jedes Mal einen Stein in den Weg zu legen, wenn ein Mädchen am Horizont auftauchte. Ihr wohntet in einem Haus an der Straße, die am Krankenhaus vorbeiführt. F. verbrachte eine Nacht bei dir. Es war peinlich, dieses Wiedersehen alter Liebhaber. Du wolltest nichts mehr von ihr wissen. Sie warf dir vor, hartherzig gewesen zu sein, schneidend. Ein Starrkopf. Jeder flüchtete sich in eine Ecke des Zimmers. Sie hätte sonst nicht gewusst, wo unterkommen.

Du schläfst nicht mehr? Du willst nicht weiterreden? Du weigerst dich immer noch, von dir zu erzählen. Man muss dir alles aus der Nase ziehen. Schrecklich, wie du dich einigelst, auf deinen lächerlichen kleinen Geheimnissen hockst. Stört es dich, dass ich so rede? Nicht einmal? Du pfeifst drauf? Ich wusste es. Dich hat noch nie etwas interessiert. Oh! Du tust nur so, du spielst, aber in Wahrheit geht dir alles am Arsch vorbei. Die Welt kann einstürzen, die Erde untergehen, Tausende Menschen können um dich herum verrecken oder lachen, das ist gehupft wie gesprungen. Das lässt dich kalt. Was dich interessiert, ist zu spielen. Du spielst eine Rolle, dann wechselst du sie gegen eine andere, und wenn du müde bist, ziehst du Leine. Du weichst immer aus. Wozu? Wie das, wozu? Das Leben ist kein Spiel. Doch? Du bestehst drauf? Da bin ich anderer Meinung. Dir gehen nur wenige Dinge wirklich nahe. In Wahrheit keine. Es ist dir schnurzegal. Das alles lässt dich kalt. Du bist ein kalter Mensch. Ein Skeptiker aus der Kälte, eine sich rasch ausbreitende Spezies. Ich weiß nicht, was ich da sage? Es ist immer dasselbe. Sobald dir die Antworten ausgehen, hagelt es Anschuldigungen. Du verteidigst dich, indem du einen beschuldigst. Überleg einmal: In deinem Alter hättest du längst etwas aus deinem Leben gemacht haben sollen. Und du hockst da und beklagst dich, du könnest nicht schlafen, deine Freunde hätten dich im Stich gelassen. Ist das ein Leben? Soviel ich weiß, warst du früher nicht gerade ein Waisenkind, oder? Draußen sitzen die Katzen und halten Versammlung. Hörst du sie? Was sagst du? Der Wirt neben dem Hotel? Was hat er? Du willst, dass ich eine Flasche Roten holen gehe? Du hast sie wohl nicht alle. Damit ist jetzt Schluss, aus. Hast du im Hotel gewohnt? Du hast aber auch überall gewohnt, wirklich! Auch in der Sphinx? Was soll das jetzt? Ein ehemaliger Puff, umgewandelt in ein Heim für Schauspieler? Bist du sicher? Ich wusste, dass die Regierung die Kultur nicht sehr hoch schätzt, aber deswegen gleich Schauspieler in einem Puff unterzubringen, da bin ich platt. Ich sehe. Du bist nirgends länger geblieben. Ob mich das stört? Warum mich das stören sollte?

Wie naiv du nur sein konntest. Man hatte dich gewarnt. Du wirst Federn lassen müssen. Du wolltest den Schlauen spielen: eine Gewerkschaft für Arbeitslose gründen! Der reinste Witz. Deine Träume waren genauso lächerlich wie deine schmalen Schultern. Du wolltest dran glauben! Ah! Was du für eine Lust hattest zu kämpfen! Schluss damit. Die Schlacht ist verloren. Du bist davongekommen, aber zu welchem Preis? Schau dich um. Die Wege sind von Leichen übersät. Das war der Preis des Traums. Man glaubt dran, man kämpft, man klettert mit bloßen Händen, aber die Balken sind wurmstichig. Alles war auf Lügen gebaut, ein Ausverkauf für Schwachsinnige. Du bist zum Gelächter deiner werten Freunde geworden, die lieber Gelegenheiten ergreifen als nach Luftschlössern zu tasten. Als alle anfingen, die Leitern zu erklimmen, klammertest du dich an die Moral. Du hättest nicht den Gewitzten spielen sollen. Du hättest dich nur in die Listen eintragen und ihnen ohne Lärm zu machen oder dich zu zieren aus der Hand fressen sollen. Hier sitzt du jetzt und bettelst fast, hast nach und nach deinen Besitz verkauft. Dann blieb dir nichts mehr zu verscherbeln. Nicht einmal mehr dein Starrkopf. Eines Tages wird man dir die Medaille der Halsstarrigen überreichen. Es wird ein schönes Stück aus gehämmerter Bronze sein, auf dem man, wenn man fest reibt, deine Züge erkennen kann. Du bist halsstarrig zum Kotzen, zum Sichtotlachen. Erinnerst du dich an den Tag, als du ein Loch in die Küchentür bohren wolltest, um die Soldaten zu sehen, wie sie das Zimmer verwüsteten, wo ihr gelebt hattet? Du hattest nur noch das im Kopf. Du hast ein Küchenmesser genommen, und ran! Da das Sperrholz leicht absplitterte, hacktest du fester drauflos. Das Messer traf dein Auge. Du hast das Sehorgan in weniger Zeit ausgestochen, als man braucht, um den Vorgang zu beschreiben. Die Medina war umzingelt, ein von Stacheldrahtzäunen eingeschlossenes Getto. Ihr konntet nicht mehr raus. Dein Vater brachte dich zum einzigen Augenarzt des Viertels, der schließlich einen Verband um das verlorene Auge anlegte und dir einen Seufzer schenkte.

Michel öffnete die Tür und rettete mich. Wenn ich fortan an die Heiligen glaube, so ist das seine Schuld.

Als ich Michel kennenlernte, schien er mir empfindlich und desorientiert, in sich gekehrt. Die einzige Öffnung, die er den anderen zugestand, war das Lächeln auf seinen dünnen Lippen. Mit seiner widerborstigen Haarsträhne, in einer abgewetzten Militärjoppe, immer auf der Hut, redete er nur wenig, rang nach Worten, mit eingezogenen Schultern, bereit, jeden Schlag mit dieser Kraft, die den Schüchternen eigen ist, mit einem Gegenschlag zu vergelten. Hinter diesem Äußeren lebte ein furchtsames und misstrauisches Tier. Ich wusste nicht recht, was uns miteinander verband. Vielleicht die Einsamkeit oder ein Sprung in der Schüssel, auch eine leichte Ironie.

10

Als ich so in der Mansarde festsaß, nahm ich mir die Zeit, an Michel zu denken, an die Leute, die ich in den vergangenen Monaten getroffen hatte. Er war der Einzige, der mir seine Hilfe ohne Rechthaberei angeboten hatte. So viele Male hatte ich penetrante Verhöre über mich ergehen lassen müssen von Neugierigen, die taten, als wollten sie mir helfen. Ich antwortete einsilbig auf die idiotischen oder rundheraus obszönen Fragen von der Art: »Sind Sie sicher, dass Sie nicht wieder nach Hause zurück wollen?« oder »Sind Ihre Papiere in Ordnung, ich meine, haben Sie echte Papiere?« – als ob meine Rückkehr zugleich ihre und meine Probleme regeln müsste. Seit wann ist ein Illegaler ordnungsgemäß? Michel brauchte nicht die Krücken irgendwelcher Rechtfertigungen, um sich um mich zu kümmern. Er streckte mir die Hand aus, ohne mehr von mir wissen zu wollen, trotz der leichten Zurückhaltung, die ihm eigen war.

Es war mir schon passiert, Menschen von einer unwahrscheinlichen Großzügigkeit zu begegnen. Eines Abends hatte sich eine alte, elegante Dame neben mich gesetzt. Sie hatte mit einer erstaunlich jungen Stimme gesagt, ohne den Anschein zu haben, als wende sie sich an jemand Bestimmten: »Der Hunger ist schrecklich, nicht wahr?« Ich hatte geantwortet: »Ja, er ist schrecklich.« Ich war ihr gefolgt, den Kopf voll Fragen, eingeschüchtert durch diese Aufmachung einer fürs Theater aufgetakelten Spießerin.

Als wir bei ihr anlangten, bot sie mir ein Abendessen und ein Bett an. Sie versuchte weder, meine Identität zu eruieren, noch, warum ich gerädert von Schlaflosigkeit und Hunger auf einer Bank herumgelungert hatte. Am nächsten Tag, nach dem Frühstück, schoben ihre beringten Finger einen Schein zu mir herüber, den ich ablehnte. Schließlich steckte sie ihn mir in die Tasche, wobei sie bekräftigte, sie wisse, wie das sei. »Wir sind uns auf einer Brücke begegnet«, sagte sie. »Brücken sind dafür gemacht.« Mit welcher unter ihrer Toque verborgenen Antenne, durch welchen von ihrer großen Brille maskierten Blick hatte sie die zerbrechliche Hülle meiner Seele berührt und schließlich zerrissen?

Es ist dasselbe Schicksal, das mir eines Tages eine Telefonkabine in den Weg stellte. Halb verhungert, nicht wissend, wohin ich gehen sollte, versuchte ich einen entfernten Bekannten zu erreichen, ob er mir vielleicht die Gunst einer Mahlzeit angedeihen lassen könne, als der Fernsprecher Dutzende von Münzen in meine Hände spuckte. Ein ähnliches Glück führte auch Michel über meinen Weg.

Dicke Luft gegenüber. Die Rothaarige und ihr Mann haben sich das Geschirr an den Kopf geworfen. Ob die

Telefonrechnungen die Ursache sind? Beschuldigt er sie, ihn zu betrügen? Sie schrie, was sie konnte, und flüchtete sich in eines der hinteren Zimmer. Er setzte sich im Wohnzimmer vor eine Flasche, den Kopf zwischen den Händen, und rührte sich nicht.

Großaufmarsch heute Nachmittag auf der Straße. Der Schuster ist tot. Gemeldet hat es die Alte vom Erdgeschoss. Polizisten und Feuerwehrmänner sperrten die Straße ab, um die Leiche herauszuholen, bevor die Gesundheitsbehörde auftauchte, um die Räumlichkeiten zu desinfizieren.

Der Schuster starb im Hinterzimmer seiner Ladenwerkstatt. Morgen werden die Zeitungen das Einsamkeitsdrama breit treten. Mit wem wird jetzt die kleine Alte reden, wenn sie ihren Köter Gassi führt? Wird sie noch an der Schwelle der Werkstatt stehen bleiben und dem Geist des Schusters ihre Träume erzählen? Ich frage mich, ob ich nicht auch so enden werde.

Mein Schlaf wurde durch das Bild meiner eigenen in diesem Zimmer verwesenden Leiche gestört. Engel mit Helmen forderten mich auf, ihnen auf einer Straße durch herrliche Obstgärten zu folgen. Sie ließen mich am Eingang des Tals zurück, sagten mir, bis hierher hätten sie mich zu führen gehabt, und wünschten mir viel Glück.

Ich marschierte, bis ein riesiger Adler auf meine Schultern herabstieß. Ich wehrte mich kaum. Er setzte mich auf einer Bergspitze ab, auf der eine Glut leuchtete. »Geh«, sagte er, »hinter diesem Feuer ist eine Grotte, an deren Eingang eine Frau mit einem Buch in der Hand liegt. Lies mit ihr und du wirst den Frieden wiederfinden. Kehr niemals um, bedaure nichts.«

»Aber ich kann nicht lesen«, sagte ich.

»Sei ohne Angst«, antwortete er mir. »Sie wird dich lehren, was du noch nicht kennst.«

Ich wachte in dem Augenblick auf, als ich um das Feuer herumgegangen war und meine Schritte beschleunigte. Ich musste ständig an diesen abgebrochenen Traum denken und starrte auf die geschlossenen Fenster von Madame Immertipp, die noch immer nicht wieder da war. Ich hatte meinen Spaß, den Dicken auszuspähen, der nicht mehr von seinen elektronischen Spielen loskommt. Er verdirbt sich die Augen mit Videospielen, von denen er jede Woche neue mitbringt. Ein Stück weit hat er seine Kindheit zurückerlangt.

Der einsame junge Mann hat die Fensterläden geöffnet und einen besorgten Blick auf die Straße geworfen, dann hat er sie ziemlich schnell wieder geschlossen, wobei er den Blick zu meiner Luke hob. Weiß er etwas oder war das nur Zufall?

Die Rothaarige hat sich mit ihrem Mann versöhnt. Sie spielen Karten in einem Lichtkreis. Ich bin fasziniert vom Ballett ihrer unruhigen, vorschießenden, lauernden, elektrisierten Hände. Eigenartig, diese Gliedmaßen voller Energie, deren Finger nervös auf den Tischrand klopfen oder sich an die Karten klammern, um dünne Fächer zu bilden, die sich senken, wieder heben, Stück für Stück abblättern, von einer Faust erschlagen, mit Selbstsicherheit hingelegt oder in Wut hingeschmissen, wenn sie eine Niederlage angekündigt haben.

Auch ich spiele. Vor einigen Tagen habe ich mir ein Dame-Spiel gezeichnet und ich erringe Sieg auf Sieg gegen meinen Gegner, bis zum Überdruss. Er schafft es nicht, die Regeln zu lernen, trotz der Tipps, die ich ihm gebe. Manchmal stehe ich fuchsteufelswild auf und werfe die Partie hin, denn ich habe den Eindruck, dass er absichtlich verliert. Ich habe ihm manches Mal erklärt, dass man fair spielt und es nichts bringt zu schummeln, das verdirbt einem die ganze Freude.

Ich hätte so gern, dass Michel mitspielt, trotz seiner Abneigung gegen Spiele. Er ist besorgt. Seine Freundin spricht pausenlos von Heirat. Er hat Angst, ich spüre es, auch wenn er nur wenig davon redet. Viele Männer geben nicht gern zu, dass ihnen Heiraten Angst macht. Sie fürchten, sich in der Ehe zu verlieren. Michel wird irgendwann ja sagen, halb einverstanden, ein bisschen aus Überdruss; er wird Zeit brauchen. Er wird sein Studium abschließen müssen, eine Stelle finden, kurz, sich an die Idee gewöhnen, dass er sein Leben an das einer Frau binden wird. Ich habe keine Definition für die Liebe. Ist sie Leidenschaft und verzehrende Glut oder nur eine geschminkte Lust? Daher auch meine Schwierigkeit, von dem jener Kette so ähnlichen Gefühl zu sprechen, an der man sich festhält, um die Leere zu überbrücken, wenn einem die graugrünen Flocken der Einsamkeit auf die Schultern fallen.

Ist die Liebe noch dieses strahlende Lächeln, das die Gesichter mit lichten Träumen überzieht, die wieder weg sind, sobald die Nebel der Gewohnheit sich verdichten? Ich habe sie so selten erlebt, dass ich wie von einer Fremden rede, die über Straßen zieht, die ich nie das Glück hatte zu beschreiten. Ich sterbe hier einen langsamen Tod, verzehrt von Entfremdung und Langeweile. Werde ich eines Tages das Glück haben, mich wieder auf ihren Pfaden zu verlieren und mich an der pulsierenden Brust einer Frau zu wärmen? Alles, was ich jetzt tue, ist warten, bis Madame Immertipp wieder mein Blickfeld auffrischt.

Warum muss jedes Mal ausgerechnet ihr Gesicht auftauchen, wenn ich den Namen einer Frau ausspreche. Hat es je eine andere Frau gegeben in meinem Leben?

11

Zoreta ist da, verwischt von der Dünung der Tage. Sie wird hervorkommen und in diesen enganliegenden, provozierenden Röcken einherstolzieren, die klaren Linien ihres Körpers zeigen, die schattigen Kuhlen und die Schauer auf der sonnenwarmen Haut.

Das Gegenlicht lässt im Schritt einen gleißenden Lichtbogen aufleuchten und blendet die Männer, die zu ihr drängen, um den Duft einzuatmen, den die durchgemachten Nächte um sie legen. Das Extravagante ist ganz ihre Sache. Zoreta chauffiert weiterhin schwere Laster über die Straßen, deren Netz die in einem Metallkoffer gestapelten Karten überzieht. Ihr Leben ist gespickt mit Postkarten, gekauften, getauschten und von förmlichen Kartenliebhabern geklauten, die in ihre kunstlederüberzogenen Notizbüchlein die Daten von Ausstellungsbörsen und Adressen spezieller Läden, die Schätzpreise, die Raritäten und seltener den Namen eines Taubenliebhabers eintragen, der einem Kollegen über die diskret den Erdball überziehenden Zwischenstationen eine Botschaft zukommen lassen kann, ohne dass dies das Geringste kostet.

Um nicht ein Staubkorn davon zu verpassen, musste

sie quer durch diese Landschaften fahren, durch große Alleen, um Plätze herum, auf Umwegen durch verlassene Gehöfte, an Denkmälern vorbei, der Verwandlung der Boulevards in Verkehrstrichter und kopfsteingepflasterte Gassen zusehend, und sich überall behaupten.

Sie hätte sich gern als Tiefbauingenieur gesehen, um die Straßen zu zwingen, den von einem nervösen Finger auf der Karte gezeichneten Wegen zu folgen und über die Kämme zu führen, statt sich in staubigen Bändern durch Täler zu winden, bolzengerade in den Steppen, dünne Spuren auf dem abgeblätterten Gelb der Sandwüsten. Sie ist weggegangen und dagelassen hat sie nur ihren Überseekoffer.

Ich habe ihre Karten geerbt, ihr Gekritzel, aufwändige Zeichnungen, auf denen sich ungeordnete Notizen über ein Abenteuer ohne Datum und Orte ohne Koordinaten streiten. Am Tag ihres Verschwindens war ich früher als üblich heimgekehrt, in der Hand einen Stoß Postkarten, die ich bei einem kurzsichtigen Sammler gegen eine alte Wanduhr eingetauscht hatte. Er wollte wissen, ob die Uhr ihm die Stunde seines Todes anzeigen würde. Ich hatte ihn angelogen. Ich hatte die Kuckucksuhr von meinem Vater gekriegt, der mir versichert hatte, sie habe ein Geheimnis. Welches? Ich wusste es nicht. Vater machte bei allem ein geheimnisvolles Getue. Er fing plötzlich an zu flüstern, sich umzuschauen, die Umgebung mit misstrauischem Blick absuchend, vor allem die Besucher, einschließlich meiner Klassenkameraden, so dass ich mich schämte, dann ließ er in einem kaum über den Atem seiner Brust hinausgehenden Murmeln fallen: »Ich werde dir ein Geheimnis anvertrauen«, und: »Pass auf, Kleiner, sag niemandem etwas davon, das ist ein fürchterliches Geheimnis.«

Von ihm habe ich meine Flüstermanie. Ich hatte diese Uhr unter einem Samttuch aufbewahrt und schließlich einem Wirt verpfändet, bis ich genügend Geld haben würde, um ihn auszuzahlen.

Von Zeit zu Zeit ging ich bei ihm vorbei und fragte, wie es meinem Besitz gehe. Er überschüttete mich mit Schimpfworten und dann fragte er mich, wann ich meine Rechnung begleichen würde. Ich erwiderte ihm hochnäsig, dass er nicht so über mein Erbstück reden könne. Der Wirt bellte: »Wenn der Herr bezahlt, dann kann er auch seine Goldbarren wieder mitnehmen. Bis dahin: Hau ab!« Mit den in Marmor gemeißelten Worten »Hau ab!« beendete er das Gespräch.

Diese Rechnung schuldete ich Zoreta noch. Sie scherte sich nicht um die Ausgaben und lud auf meine Kosten etwa dreißig Fernfahrer ein, damit sie ihr von den Straßen erzählten, auf denen sie nie gefahren waren. Ich war zum Gefängnistor gegangen, obwohl ich nicht glaubte, sie je heraustreten zu sehen. Eines Tages ereignete sich trotzdem das Wunder. Wegen guter Führung freigelassen – sie hatte gekonnt die Wäscherei geführt – begrüßte sie mich auf dem Gehsteig, wo ich ein wenig verschämt dastand mit meinem Strauß in der Hand. Ich hatte noch nie im Leben einer Frau Blumen geschenkt und als ich so wartete, aufgeputzt mit einem aus der Mode gekommenen Anzug, der Korkenzieherhose, musste ich an die Lächerlichkeit der Situation denken. Neugierig musterten mich die Passanten. Auf wen wartete dieser Hirnlose mit seinen Blumen vor den Gefängnistoren? Endlich kam sie. Das Rot der Rosen färbte auf ihr Gesicht ab.

Sie stürzte auf mich zu, umklammerte mich mit einer Wahnsinnskraft und fing an zu weinen. Ich spürte, wie ihre Schluchzer gegen meine Brust schlugen. Wir gingen und schleiften den Kartonkoffer hinter uns her, in dem sich die verhasste Ernte der verlorenen Jahre stapelte, ihre armseligen Stick- und Strickarbeiten.

Zoreta war mir zurückgegeben worden, ich lebte mit ihr, trunken vor überbordender Freude. Sie musste vergessen, es war ein Unfall gewesen. Sie hatte ihn mit einem Metzgermesser durchbohrt. Man betrügt Zoreta nicht mit der erstbesten Ziege. Ich wusste es seit langem.

Eines Tages als Kind – wir spielten gerade in einem Kartonhaus unter einem Torbogen Mann und Frau – hatte sie mich schwören lassen, ihr treu zu sein. Nervös an ihren Zöpfen zerrend hatte sie hinzugefügt, dass sie Verrätern nicht verzeihen würde. Zu Hause angekommen hatte ich die Neuigkeit meiner Mutter hingeworfen, damit sie endlich aufhörte mit der Leier, meine Hochzeit werde der schönste Tag ihres Lebens sein. Sie lachte auf. »Ganz schön frech, diese Zoreta!«, sagte sie, erbost beim

Gedanken, man könnte ihr ihren Augapfel wegnehmen.

Sie nannte sie unverschämt, eine Giftspritze. Zoreta war nicht unverschämt. Sie war ein Biest, im wahrsten Sinne des Wortes. Sie war selbst stolz auf den Schimpfnamen. Jungen und Mädchen aus dem Viertel fürchteten sie und gingen ihr aus dem Weg. Sie wählte ihre Untertanen aus, die ihr Komplimente und Leckereien schuldeten, und verteidigte sie mit nach links und rechts ausgeteilten Faustschlägen und Fußtritten. In dieser Versammlung von Höflingen gab es seltene, aber auswechselbare Auserwählte, denen Lippenküsse, Berührungen und Streicheleien zustanden gegen das stillschweigende Einverständnis, ihr den eigenen Besitz zu überlassen. Zoreta hatte nicht die Zeit, über die von ihr gewährte Gunst zu verhandeln. Wir diskutierten unter Vasallen über den Einsatz. Derjenige, der am meisten Gegenstände zusammenbrachte – Pfeifen, Murmeln, Kreisel, Zeitschriften, kleinere Münzen aus dem Portemonnaie der Mutter –, hatte gewonnen. Die anderen nahmen an der Zeremonie teil und schätzten die Zeit ab, die die Königin dem Auserwählten nach Erledigung der Präliminarien zugestehen würde.

Ihr Liebling war Moha, Sohn des Tischlers, der ihr einen *Carrico* baute, ein Brett auf drei Kugellagern aus alten Murmeln, zwei hinten und eins für die Steuerung, und auf diese Abdeckung legte man die Hände, um das Gefährt zu steuern. Zoreta verkaufte es am Ende des Tages weiter, sicher, dass ihr Moha am nächsten Tag ein neues schenken würde, gebaut mit Brettern aus dem

Schuppen, in dem der Vater den Ausschuss aufbewahrte.

Unser Umzug – wir sollten ins Nachbarviertel ziehen – erschütterte unsere Beziehung. Ich hatte keinerlei Illusionen über Zoretas Treue. Seit unserem Versprechen hatte sie andere Verlobte ausgewählt, zurückgewiesen oder wieder genommen, je nach Lust und Laune. Ich hingegen blieb ihr treu, durch meinen Schwur zu Stein erstarrt.

Jahre später habe ich sie wiedergefunden, und sie hatte nichts von ihrer Wirkung auf meine Sinne verloren. Für einen Zuhälter machte sie zehn oder zwanzig Freier pro Tag. Er machte ihr das Leben schwer, verlangte hohe Abgaben und ließ ihr gerade das Lebensnotwendige. Sie liebte ihn so sehr, dass sie sich seinen Launen unterwarf, und entschuldigte die blauen Augen, die sie beim geringsten Meckern verpasst bekam. Bei diesem General einer Hurenarmee hieß es besser stillhalten und zur Schlachtung trotten. Rebellen wurden mit einer Giftspritze exekutiert, da wurde nicht lang gefackelt.

Ich hatte versucht, ihre Abhängigkeit von diesem Halunken zu verstehen. Die seltenen Male, als ich eine Frage riskierte, blieben die Antworten vage. Sie liebte ihn; sie musste mit ihm zurechtkommen, die Zeichen des Verfalls in den Mundwinkeln akzeptieren, die Krähenfüße, die Furchen auf der Stirn, die Krampfadern, die blauen Stellen am ganzen Körper, die alkoholisierten Bewusstlosigkeiten, den höllischen Reigen der Handleserinnen, die ihr versprachen, ihren Kuppler aus den Krallen der Rivalinnen zu befreien.

Sie tötete ihn mit einem Messerstich, nachdem sie entdeckt hatte, dass er zwei Stunden im Bett ihrer besten Freundin verbracht hatte, die mit von einem Geranientopf eingeschlagenen Schädel gefunden wurde, das Geschlecht verschwollen durch die Einwirkung eines Bügeleisens.

Lange nach ihrem Weggang habe ich mir den Kopf zerbrochen und wusste nicht, was mit meinem Körper anfangen, während ich die Gänge dieses Hauses abschritt, dessen Räume sie verhext hatte. Ich setzte mich in eine Ecke, wechselte den Platz, legte mich hin, stand wieder auf, strich in der Küche umher, ließ mir ein Bad einlaufen, ließ es stehen, drehte wütend die Hähne zu, öffnete den bahnwagengrünen Koffer und breitete die Straßenkarten auf das Parkett, legte die Postkarten vor mich, ging einen nach dem anderen ihre mit links notierten Sätze durch und folgte mit dem Finger imaginären Routen.

So weit war sie also gefahren. Warum sollte sie zurückkehren? Was konnte ich ihr bieten? Das Flüstern meines Vaters, seine magische Wanduhr, die aus unserer Kindheit herübergeretteten Erinnerungen?

Sie hatte meiner Mutter immer noch gegrollt. »Sie verachtet mich, ich bin ein armes Mädchen, nicht gut genug für ihren Sohn.« Ich hasste sie ein wenig in diesen Augenblicken. Zoreta, die in Mamas Augen nicht existierte, wollte, dass ich mit ihr das Weite suche. Nach unserem Umzug fand ich sie versteckt im Labyrinth des

Trödlerviertels. Meiner Mutter wurde schlecht, als sie es erfuhr. Die Uhr schlug drei Mal. Mein Vater zeigte mit dem Finger drauf, verschluckte sich und hauchte sein Leben aus. Mama kam wieder auf die Beine, verbot mir, Zoreta zu treffen, und gab mich auf eine andere Schule, indem sie den Direktor schmierte.

Ich begriff, dass Zoreta nicht wiederkehren würde, als der Kurzsichtige an der Tür klingelte. Er brachte mir die Wanduhr zurück, sagte, er habe Für und Wider abgewogen und wolle lieber sein Bündel Postkarten wieder einlösen, das zu sammeln er so viele Jahre gebraucht habe. Ich gab ihm seinen Besitz zurück und schloss die Kuckucksuhr in meine Arme.

12

Als Michel heute Morgen kam, war er völlig niedergeschlagen. Aus Geldmangel hatte er die Einkaufstasche nicht füllen können. Er brachte mir dennoch ein Käsesandwich, das ich schnell verschlang. Ich sah wohl furchterregend aus. Ich merkte es an seinem Blick, als er die Tür öffnete. Er schlug mir vor, mit ihm eine Runde zu drehen. »In meiner Begleitung riskierst du nichts«, sagte er. Ich lachte laut auf.

»Vor allem du riskierst etwas, wenn man mich verhaftet. Weißt du, was dich erwartet, wenn sie entdecken, dass du mich versteckt hältst? Das ist nett, mir einen Spaziergang am helllichten Tag vorzuschlagen, aber ich will dir keine Probleme aufhalsen. Ich werde abhauen.«

»Wohin willst du?«

»Ich weiß nicht, irgendwohin. Ich kann nicht mein ganzes Leben lang angekettet bleiben. Schau das Gerippe an, zu dem ich geworden bin.«

»Sag das nicht.«

»Sei ehrlich. Seit drei Monaten bin ich eingesperrt und die Kontrollen scheinen nicht nachzulassen. Jeden Tag berichten sie im Radio über neue Festnahmen. Die Lage wird sich nicht entspannen, ich kann genauso gut gehen. Ich werde wohl oder übel ein Loch finden, wo ich mich verkriechen kann. Mach nicht so ein Gesicht. Ich habe das nur so gesagt. Ehrlich gesagt habe ich keine Ahnung, was mir draußen passieren wird.«

»Meinst du es ernst?«

»Sicher.«

»Aber du setzt deine Haut aufs Spiel!«

»Übertreib nicht. Wenn sie mich fassen, schicken sie mich wieder nach Hause. Da kann ich genauso gut gehen.«

»Du machst dir was vor. Niemand wird dir helfen. In der gegenwärtigen Lage wird die Regierung bald eine Ausgangssperre verhängen. Sie werden ohne Warnung schießen.«

»Red keinen Quatsch.«

»Sie sind völlig durchgedreht. Die Nachrichten sind voll davon.«

Verwirrt schrie Michel mich an:

»Du solltest mal draußen eine Runde drehen. Das Eingeschlossensein tut dir nicht gut.«

»Vielleicht, aber ich habe recht«, rief ich noch lauter.

Seine Wangen liefen rot an. Ich tat nichts, um das folgende Schweigen zu brechen. Woran dachte er, mit diesem starren Blick, dem unbeweglichen Körper? Um ihn aufzumuntern, drehte ich eine Zigarette, die wir uns in einer schrecklichen Anspannung teilten. Ich sagte kein Wort, verwirrt von seiner Haltung, gequält von meiner eigenen Ungeschicklichkeit. Endlich sprach er. Zwischen Befremden und Verwunderung gespalten versuchte ich, ihn nicht zu unterbrechen.

»Du hast vielleicht recht«, gab er schließlich zu. »Wir sitzen in der Falle. Überall nur Spott, vorgefasste Meinungen, eine gewaltige Wut und Verbitterung. Ein unglaublicher Schlamassel, ungeweinte Tränen, neurotische Verstellungen. Vor dreißig Jahren machten die Leute Pläne, fuhren durch die Welt, griffen nach dem ganzen Universum. Die Arme sind zurückgesunken. Wir sind blind, auf uns beschränkt, behindert durch unsere eigene Ignoranz. Man kennt seinen Nachbarn höchstens vom Sehen, vielleicht seine Automarke oder den Namen seines Hundes. Der Rest ist uns piepegal. Ich will eine Vision realisieren, etwas anderes als diese vorgefertigten Geschenkpakete, die sie über unseren Köpfen ausschütten. Ich will die Mauer der Gleichgültigkeit durchbrechen, auch wenn ich dafür meine Illusionen opfern muss. Sie bringen mich zum Kotzen mit ihrer cellophanverpackten Welt und ihrem gebrauchsfertigen guten Gewissen.«

Er schwieg und die Luft wurde drückend im Zimmer. Ich nahm ihn in die Arme. Nachdem Michel gegangen war, warf ich mir meine Aggressivität vor, die mir zu Kopf gestiegen war. Er hatte versprochen, mit einem Freund wiederzukommen. Ich versuche, ihn von meiner Anwesenheit zu entlasten, und er, er besteht darauf, dass ich bleibe. Was soll ich von dieser Hartnäckigkeit halten? Einen Großteil der Nacht habe ich damit verbracht, eine seltsame Geschichte zusammenzuschustern, eine Art Potpourri aus Erinnerungen und erfundenen Tatsachen. Was würden Michel und sein Freund dazu sagen?

Manchmal stelle ich mir vor, wie ich an die Tür von Madame Immertipp klopfe und ihr meine Kritzeleien zeige. Das Einfachste wäre, die Blätter unter ihrer Tür durchzuschieben und sie zu beobachten, wie sie sie auf ihrem Blumensofa vor dem Fenster liest. Ich könnte ihre Reaktion an der Mimik ablesen. Ich mache mir etwas vor. Madame Immertipp hat keine Zeit. Verwundert würde sie sich bücken, die Blätter aufheben, versuchen, meine krakelige Schrift zu entziffern, dann würde sie sie genervt in den Papierkorb schmeißen. Ich wäre geknickt und würde sie dafür verantwortlich machen.

Als Michel und sein Freund kamen, beeilte ich mich, ihnen meinen Text zu zeigen, obwohl Serge – so heißt dieser vornehm magere Typ mit seiner Fistelstimme und den gefärbten Haaren – nicht so begeistert war. Michel warf mir vor, ihm nichts von meinem Schriftstellertalent gesagt zu haben. Es war als Witz gemeint.

Ich schmiss mich auf die Matratze, befangen von Serges Verhalten, der pausenlos herumtigerte, an den Nägeln kaute, an die Wand oder auf seine Füße starrte, offensichtlich kaum interessiert an den Geschichten eines zwischen vier Wänden eingeschlossenen Kerls. Fast hätte ich nach der zehnten Zeile aufgehört zu lesen. Nur Michels Blick ließ mich weitermachen.

13

Als sie gegangen waren, habe ich onaniert, um meinem Geschlecht einen Sinn zu geben. Ich knetete es zwischen meinen Händen und rieb es mit Spucke ein, bis mir der Mund trocken wurde, dann ließ ich Frauen vorbeiparadieren, bevor ich die überbordenden Bilder in meinem Kopf anhielt. Ihr Gesicht ist mir erschienen: Ihr Mund wurde ein offenes Geschlecht, in dessen schlüpfrige Frische ich eindrang, nicht mit meinem Schwanz, sondern mit dem ganzen Körper. Ihre Lippen schlossen sich und hielten mich in einem Zucken fest, bis ich stöhnte, die Hände vor dem Mund, um meine Schluchzer zu ersticken. Ich stürzte in ein schnell wieder vertrocknetes Meer. Mein Hals brannte vor Durst. Ich entleerte mich in nachlassenden Stößen und fiel in eine Leere, die meinen Nerven gut tat. Ich war bewusstlos gewesen, schweißüberströmt.

Ich onaniere so jeden Tag, um die Wut nicht aufsteigen zu lassen, die mich in den ersten Tagen hatte die Wände hochspringen lassen. Ich hatte meinen Schwanz malträtiert, ich hatte ihn gegen die Wände gestoßen, in der Hand gewürgt. Ich wollte ihm wehtun, damit er aufhört, mich zu plagen. Ich wollte, dass er stirbt, dass er sich nicht mehr gegen das Schicksal auflehnt, das ich ihm auferlege. Dann habe ich angefangen, aus der Selbstbefriedigung ein tägliches Fest zu machen, das mich erschöpft und mich wieder zu mir kommen lässt.

Ich träume von Frauen, die ich kenne, denen ich begegnet bin und die meinen Fantasien Form geben. Wenn ihr wüsstet, wie sehr ihr mir helft, ihr Frauen aus den Zeitschriften, ihr stummen Schauspielerinnen meiner Filme. Ich verleihe euch Stimmen und ein wildes Röcheln, um meinem Leben wieder Sinn zu geben. Wie schön sie sind, meine Frauen, leuchtende Sterne am Grund erinnerungsverstopfter Schächte.

Madame Immertipp, die ich zur Teufelin aufheize, gehört auch dazu. Vorbei zieht der Karneval des Sexus. Manchmal unterhalte ich mich mit meinem Aufständischen, der ständig bereit ist zu neuen Affären und Hinterhalten, nach denen er sich gerädert fühlt. Er plustert sich auf, reckt die Nase und zittert vor Aufregung, denn er weiß nichts von unserer Einsamkeit. Ich spreche mit ihm, um ihn zu beruhigen. Er ignoriert meine Vorhaltungen und schmollt, beschuldigt mich, ihn zu einem Hundeleben zu verdammen.

Der so am Zügel Gehaltene träumt von Siegen, unablässigen Kämpfen und erschöpfenden Eroberungen. Er wirft mir vor, ihn auf die Rolle eines Reservesoldaten zu beschränken. Ein auf die Ersatzbank verbannter Angreifer, so sieht er sich. Um nicht in der Entsexualisierung zu versinken, sind wir gezwungen, unser lächerliches Spektakel zu vollführen in diesen Mauern, die uns, ihn und mich, mit Bitterkeit erfüllen. Manchmal schaue ich aus der Luke und wichse. Eine Art der Abwechslung in der Lust. Die Großmutter im Erdgeschoss ist die Einzige, die bisher meiner Wichserei entgangen ist. Das Alter gewährt so manchen Vorteil!

Michel kam mit seinem Schlechtwettergesicht, Dreitagebart, außer Atem, schlurfender Schritt. Nachdem er aus Angst, von einer Streife angehalten zu werden, bis zur Tür des Hauses gerannt war, hatte er sich beim Steigen der Treppen beruhigt, die ich mich nicht mehr hinunterzugehen getraue.

Auf meine Fragen antwortete er mit langen Pausen. Ich wusste nicht was tun, um ihn aufzuheitern. Wir legten die Decke, die er aus der Reinigung gebracht hatte, auf dem Boden aus, setzten uns im Schneidersitz drauf und tranken Tee. Er redete von seinem Ärger mit Marie, sagte, er glaube nicht, dass er sie wiedersehen werde, und gestand, dass sie mich nicht mochte. Ich hoffte, dass nicht ich der Auslöser der Trennung sei.

»Doch, ein bisschen«, sagte er verstockt. »Marie war eifersüchtig, vom Gedanken besessen, du hieltest mich von ihr ab. Sie sagte mir ständig: Wir haben anderes zu tun, als uns um diesen barfüßigen Bettler zu kümmern.«

»Das ist kein Grund, sie zu verlassen.«

»Deine Anwesenheit brachte das Fass nur zum Überlaufen. Bis dahin hatte ich mir nie etwas anderes vorgestellt. Das heißt, nichts anderes zwischen uns.«

»Das kapiere ich nicht.«

»Es ist ein bisschen kompliziert. In Wahrheit hatte ich Angst, dass sie mich verlässt, aber jetzt ist Schluss. Beunruhige dich nicht, ich werde drüber wegkommen. Jemand muss sich um dich kümmern, einen Ausweg finden. Die Lage hat sich verschlechtert. Serge will uns helfen.«

»Du meinst Serge, deinen Freund vom letzten Mal?«

»Klar ... Du denkst, er mag dich nicht. In Wirklichkeit hat er dich ins Herz geschlossen.«

»Dass ich nicht lache ...«

Er zuckte verlegen mit den Schultern.

»Serge will vorbeikommen.«

»Warum?«

»Zum Reden, um bei dir zu sein. Ihr könntet etwas zusammen unternehmen.«

»Ehrlich, Michel, ich weiß nicht, was das soll.«

»Das ist doch nicht so kompliziert! Er bringt dir zu essen und Kleider und leistet dir Gesellschaft.«

»Er ist doch wohl keine Schwuchtel?«

»Krieg es nicht in den falschen Hals. Er hat seinen Charakter, das ist alles!«

»Ich möchte lieber, dass du allein kommst.«

»Du vergisst, dass wir nicht viele Freunde haben.«

»Auf solche wie ihn kann ich verzichten!«

»Übrigens, auch meine Freundschaft wird dir zweideutig vorkommen. Ist es das, was du denkst?«

»Aber kein bisschen.«

Sein Gesicht verfinsterte sich plötzlich, er stand auf, warf einen Schatten auf mich und machte mich verlegen. Er verschwand schweigend, mit gekrümmtem Rücken, wünschte mir nicht einmal viel Glück, wobei er mit den Fingern das Victory-Zeichen machte. Warum glaubte er, das Recht zu haben, mir Serge aufdrängen zu können und zu meinen, ich könne dessen Wünsche befriedigen? Ich konnte mir vorstellen, wie schwer er sich bei seinen Entscheidungen tat, aber musste ich dafür geradestehen?

Ich sank in einen seltsamen Schlaf mit wirren Träumen, losen Enden, die auftauchten, im tiefsten Inneren meines Körpers schwelende Brände aus der Vergangenheit.

An einem Abend hatte Michel von seinem Verhältnis mit einem anderen Jungen aus dem Internat erzählt. Er hatte eine eher zarte Erinnerung an dieses Abenteuer und bestand darauf, mir die Details auszubreiten, das Kribbeln bei dieser Liaison zu beschreiben, aber ohne dass er mir gestanden hätte, er sei schwul.

Als Kind bin ich von einem Nachbarn vergewaltigt worden, der mir versprochen hatte, ich würde meine Lieblingssänger hören und Süßigkeiten bekommen. Ich war ihm gefolgt, von seinen Versprechungen geködert. Bei uns sind bezahlte Verhältnisse zwischen Erwachsenen und Jugendlichen gang und gäbe. Es ist zwar alles verboten, was aber nicht heißt, das nicht alles möglich ist: Man weiß nie, woran man ist. Das Sprichwort besagt, schwul zu sein ist mutig, wohingegen Spitzel zu sein ein Beruf ist. Homosexuelle sind nur als solche sichtbar, wenn sie sich feminisieren, wenn sie passiv sind; es ist eine Schande, einen in der Familie zu haben, erklärte ich Michel, der weiter nachgefragt hatte, wobei er versuchte, mir Details zu entlocken, an denen er sich ergötzte. Ich hatte der Unterhaltung eine andere Richtung gegeben und sie unbemerkt in weniger sumpfiges Gelände geführt.

Ich hatte Angst, aber ich getraute mich nicht, es mir einzugestehen. Dass ich auf so konkrete Wünsche traf, brachte mich auf Gedanken, die weiterzuverfolgen ich mich fürchtete. Blicke, Anspielungen, diskrete Berührungen hatten mich in einen Alarmzustand versetzt. Ich hatte meinen Verdacht abgetan und ihn für mein typisch argwöhnisches Getue gehalten. Was konnte ich machen, um diese täglich größer werdende Leidenschaft zu bremsen?

Überall waren Straßensperren errichtet worden, auch auf den Landstraßen. Verängstigt und ausgehungert wurden immer mehr Illegale aufgesammelt, von mobilen Suchtrupps, die überall ausschwärmten.

Ich hätte Pino nicht vertrauen sollen, dem König der falschen Papiere. Bei seiner Verhaftung fanden sie auf seiner Festplatte die Fotos derjenigen, die ihr Schicksal in seine Hände gelegt hatten. Mit dem Passbild in der Hand hatte die Polizei ihre Spürhunde auf meine Fährte gehetzt.

14

Michel habe ich dank dem von Pater Bochamp betreuten Lager kennengelernt. Ich zögerte lange, bevor ich mich dort vorstellte, mit Misstrauen gepanzert, immer wieder umkehrend, aus Angst, ich ginge in eine Falle. Über den Anlass meines Besuchs unterrichtet, ließ mich Pater Bochamp in den Schuppen treten, der ihm im hinteren Teil eines brachliegenden Gartens als zweites Büro diente. »Hier sind wir ungestört«, hatte er mir augenzwinkernd versichert.

Am selben Abend wurde ich in einem Haus seiner Freunde untergebracht, konnte aber nicht bleiben. Die Besitzerin, eine kleine, meistens reservierte Dame, außer wenn es darum ging, über die Behörden herzuziehen, wollte verreisen. Am nächsten Tag verlegte mich Pater Bochamp in seinem Kleintransporter, versteckt hinter Gemüsekisten, auf einen kleinen Hof, wo ich vierzehn Tage in einer Scheune eingesperrt blieb, die ich nur bei einbrechender Dunkelheit verließ.

Am schwierigsten war es, Clip an meine Anwesenheit zu gewöhnen. Der Mischling verfolgte mich über die Felder, bellte meinen Namen, wies immer wieder darauf hin, dass ich ein gefährlicher Illegaler bin. Wir schlossen

Frieden, als ich begriff, dass seine einzige Sorge war, meine dürftige Kost zu teilen. Er hatte sich bei den anderen, die vor mir hier Unterschlupf gefunden hatten, angewöhnt, sich seine Diskretion bezahlen zu lassen. Wenn ich etwas vor mich hinsummte, um die Fesseln meiner Quarantäne zu lockern, setzte Freund Clip sein Hinterteil auf das Stroh und schaute mich gähnend an. Schlechte Sänger hatten bei ihm keinerlei Anrecht auf Freundlichkeiten.

Meine seltenen Gespräche mit Pater Bochamp, einem Mann mit einer beeindruckenden Bildung, halfen mir zu begreifen, weshalb ich aus dem Land meiner Kindheit geflohen war. »Ruhe! Schließ das Fenster, hör auf, auf die Straße zu spähen!« Ruhe! Ruhe! Ruhe! Das war das Lieblingswort meines Vaters gewesen. Er begrub uns in diesem Tod der Worte und durch Worte. Wir waren terrorisiert vom plötzlichen Gewitter seiner Wutausbrüche, die sich wie klatschende Wasserfälle über unsere schmalen Schultern ergossen. Mama musste ständig für alles geradestehen. Wurde sie dafür bestraft, uns zur Welt gebracht zu haben? Mein Vater versteckte seine Demütigungen und seine Zärtlichkeit hinter einem Gesicht aus gebranntem Ton. Das war der Preis für den Schweiß, den er auf der Suche nach dem bitteren Happen Brot lassen musste, für den er beim Morgengrauen aufbrach, um auf dem Arbeitslosenmarkt anzustehen, den Rücken zur Wand, bis ihm ein unverhoffter Zeigefinger einen Lastwagen wies, der ihn auf eine elende Baustelle bringen würde.

Vater kam mit erloschenen Augen zurück, hängenden Lefzen, Kleider, Haare und Haut von einer grauen Schicht überdeckt. Ich habe ihn gesehen, wie er sich Tag für Tag aufrieb, um am Ende seines Lebens einer von Sprachlosigkeit und Bedürftigkeit zugeschnürten Mumie zu gleichen.

Unser Hunger war würdevoll, aber hartnäckig. Er pochte in unseren Mägen und ließ uns Honig- und Wassermelonenschalen ablecken, die wir unter den verlassenen Marktständen sammelten. Wenn mein Bruder weinte, tränkte meine Mutter ein Stück Stoff in Olivenöl und strich ihm damit über die Lippen, um den Hunger zu besänftigen, zu zähmen, um einen kleinen Hunger daraus zu machen; den Hunger der Reichen, die auf den Veranden der Villen frühstückten, an denen wir sonntags vorbeispazierten, um unserer Untätigkeit ein bisschen Luft zu verschaffen.

Vater schritt voraus. Wir gingen im Gänsemarsch hinterdrein, magere Krieger eines Stammes, dem die Aufmüpfigen abhanden gekommen waren. Wir schlugen die Zeit tot, jenen Mörder mit dem Auftrag, die Armen in einer Langeweile zu ersäufen, die sie auf ihren Treppenabsätzen hocken und Dummheiten in die Luft setzen ließ. Vater gab den Weg vor. Wir folgten seinen Schritten, wobei wir darauf achteten, nichts vom Schatten zu verlieren, den uns die Reihe stattlicher Häuser spendete, die einzige Dekoration unseres Spaziergangs. Wir passten auf, den Bewohnern der Paläste nicht mit jener herablassenden Ungezwungenheit nachzuschauen, die die

Armut verleiht, sondern verstohlen und mit gesenktem Blick.

Mehr als ein Zimmer zu haben, eine Küche, eine Toilette, bedeutete Reichtum. Die uns so unter ihren Fenstern durchmarschieren sahen, hatten all das und mehr. Sie sammelten keine trockenen Brotkanten auf, wussten nichts von Melonenschalen, wussten nicht, wie man weggeworfenes Obst und Gemüse aus dem Müll liest. Sie wussten nichts anzufangen mit den Knochen, um die wir uns mit den Kötern stritten. Ihre zu rundlichen Silhouetten und ihre nach Puder riechende Haut bewiesen es.

Unsere Spaziergänge führten stets zum Meer. Vater fing an, von Fischen zu träumen. »Eines Tages«, sagte er, »wenn ich endlich genug zusammengespart habe, oder wenigstens ein bisschen, kaufe ich eine Angelrute und wir gehen schöne Fische fangen; so große Fische, größer als die, die Nachbar Rachid immer bringt. Der hat keine Geduld und kehrt heim, sobald er seinen Quersack voll hat, aber ich, ich werde wenn nötig die ganze Nacht bleiben und so viele fangen, wie es nur geht, und die, die wir nicht wollen, die bringen wir eben auf den Markt und ich kaufe euch neue Hosen.«

Er sprang vom »wir« zum »ich« und schloss uns damit unversehens aus von seinen Großtaten. Mama billigte diesen Ausschluss mit einem scheuen Lächeln. Mein Bruder und ich schauten uns an, bemüht, nicht loszuprusten, um keine Ohrfeigen zu kriegen. Ein derart guter Fischer konnte sich zu gefährlichen Aufwallungen hinreißen lassen.

Ich schreibe nicht »Papa«, sondern »Vater«. So behält er seine Überlegenheit, und zwischen uns bleibt eine gewisse Distanz.

Wir waren versteinert vor Respekt gegenüber den Eltern, den Nachbarn, den Reichen. Und gegenüber der Polizei, vor allem der Polizei. Vater erschrak zutiefst, sobald sich irgendwo der Zipfel einer Uniform zeigte. Man sah genau, dass er in diesem Augenblick nur einen Gedanken hatte: Die Erde möge sich öffnen und er darin verschwinden, um nicht jener Macht zu begegnen, deren beunruhigend flinker Stock keinerlei Nachsicht kannte. Ich erinnere, wie mein Bruder und ich an dem Tag, als Vater einem mit einem Bullen verwechselten Feuerwehrmann ein »Herr Hauptmann« und »Herr Kommandant« entgegenbrachte, vor Lachen zu Boden gingen. Um ihn auf seinen Irrtum aufmerksam zu machen, husteten wir hinter seinem Rücken. In seinem Eifer hielt er unser Husten für eine Warnung und wechselte sofort vom »Hauptmann« zum »Kommandanten« und beförderte innerhalb eines Satzes den verlegenen freiwilligen Feuerkämpfer zum Stabsoffizier. Wenn die Unterhaltung fortgesetzt worden wäre, hätte Vater den Brandwächter noch zum Obersten und schließlich zum General gemacht, nur damit er danach ausposaunen konnte, er habe eine kleine Unterredung mit der Obrigkeit gehabt. Der Feuerwehrmann war gekommen, um die Haushalte zu erfassen, die über mehr als eine Butanflasche verfügten. Damals kochten wir auf einem Herd mit Lampenöl, das wir beim Krämer halbliterweise auf Kredit kauften.

Ich gehe ein, der Hunger zehrt, die Langeweile nagt an mir. Ich bete jeden Tag mit offenen oder versiegelten Lippen, kaue die Worte, mache sie runder, werfe sie an die Wände, fange sie in den Maschen hauchdünner aufgespannter Netze auf und lasse sie wie Bumerangs an ihren Ursprungsort zurückschnellen.

Zählen ist zu meinem wichtigsten Zeitvertreib geworden. Abzählen und abwarten. Ich zähle die Sekunden, die Minuten, die Stunden, die Tage, die Monate, die Barthaare, die Mauerrisse, die Rillen im Parkett, die Muster an den Decken und die Zeilen in den Zeitschriften. Hängt mein Überleben von dieser lächerlichen Buchhaltung ab? Vor dem Spiegel, der seinen Glanz verliert, habe ich die Wolle meiner Augenbrauen inventarisiert. Ich würde gerne die Stärke einer Ameisenarmee abschätzen, aber hier gibt es keine. Einzig in den Toiletten sind Kakerlaken heimisch, von wo sie nachts ausschwärmen zu hastigen Spaziergängen, die Antennen vorgestreckt, mit eckigem Schritt und den Bauch vor Angst zugeschnürt. Irgendwie gleichen sie mir.

15

Eine seltsame Lethargie macht sich in mir breit, lässt mich an Fäden baumeln und entfremdet mich meiner selbst. Ich schlüpfe aus meiner Haut und sehe mich ausgestreckt daliegen wie ein zum Trocknen aufgespanntes Bettlaken.

Ich bin am Ende. Ich bräuchte nur meine Nase hinauszustrecken, diesen fetten Zinken, auf dem dunkle Punkte blühen, um mich schnappen zu lassen. Die Abendnachrichten haben sich in eine abstoßende Jagdszenerie verwandelt. Die in der Reuse Festsitzenden werden schon gar nicht mehr gezählt. Die Transporte sind immer überfüllter. Die Gesetze, wonach Durchsuchungen vor dem Morgengrauen verboten waren, sind aufgehoben. Sie säubern mit dem Kärcher.

Ich werde einem dieser Transporte angehören, die Hände hinter dem Rücken von jenen Kabelbindern zusammengehalten, die dem Handgelenk viel weniger Spielraum lassen als die veralteten Handschellen. Meine Arme werden taub sein; sie werden mich auf den Boden eines Kastenwagens mit blau getönten Scheiben werfen, damit die Passanten die Gefangenen der Ungewissheit nicht sehen können. Sie werden mir mit tonloser Stimme meine Rechte herunterleiern, nur zum Schein, dann werde ich das Privileg haben, die genagelten Schnürstiefel der Grenzwächter bestaunen zu können. Wir stehen am Ende von irgendetwas. Sterben heißt frei sein. Wenn ich denke, dass man die beiden Begriffe als gegensätzlich betrachtet: Freiheit oder Tod. Warum nur?

Der Hüne von Madame Immertipp ist zurück, neu befrackt, noch gieriger als zuvor. Sie empfing ihn mit einem Ausbruch der Begeisterung. Früh am Morgen war das Setting arrangiert worden. Es hatte mir genügt, sie von einem Zimmer ins andere rennen zu sehen, um die Neuigkeit zu ahnen. Sie konnte kaum mehr stillhalten, saugte, verschob Blumenvasen, wischte hier und da etwas Staub, kam aus der Küche mit den Armen voll Teller und Gläser. Sie riss die Tür auf und warf sich ihm wie wild in die Arme. Ihr Kuss dauerte eine Ewigkeit. Kaum hatten sie angestoßen, um das Wiedersehen zu feiern, trug er sie schon ins Zimmer, wo sie sich kaum die Mühe machte sich zu entkleiden. Dann erst zog er die Vorhänge zu und beendete die Vorstellung. Ihre Geschichte ist ein Theaterstück, unterbrochen von mehr oder weniger langen Pausen.

Der junge Mann aus dem ersten Stock hat seine Fensterläden geöffnet. Ich konnte endlich die von Gemälden bedeckten Wände seiner Wohnung sehen, und in einem der Zimmer ein Klavier und eine Staffelei mit einer angefangenen Leinwand. Er blieb einen Moment stehen und suchte die Straße ab, dann fing er an, auf dem Klavier herumzuklimpern. Er hieb frenetisch in die Tasten, aber ich konnte nichts hören. Am Nachmittag schloss er die Läden wieder und tauchte erneut in sein Mysterium.

Die Rothaarige und ihr Typ haben wieder angefangen, sich Teller und Nettigkeiten an den Kopf zu werfen. Ihre Auseinandersetzungen fangen beim Frühstück an, werden unterbrochen, wenn der Typ auf Arbeit ist, gehen weiter bei seiner Heimkehr und werden mit dem Lichterlöschen beendet, ein Crescendo, das ich schon kenne. Ihre Pausen sind kurz und die Waffenstillstände nur vorübergehend. Ihre nächtlichen Verrenkungen dämpfen die Aggressivität in keiner Weise.

Die Alte aus dem Erdgeschoss hat sich einen neuen Mantel gekauft. Ihr Spaniel hinkt mit der rechten Hinterpfote, die in eine Art Verband gehüllt ist. Sie zieht ihn hinter sich her, gereizt von seiner Langsamkeit. Der tägliche Spaziergang des Paares ist kürzer geworden, auch wenn der Köter beim Pinkeln länger vor dem Baum steht. Wenn sie daran vorbeigeht, wirft sie aus Gewohnheit einen Blick zum geschlossenen Laden des Schusters. Sie erregen Mitleid, die beiden.

Beim Dicken füllt sich das Tischchen mit Bierflaschen, während er, eingepackt in seinen zerknitterten Pyjama, das Gesicht vom Bart zerfressen, auf den Bildschirm starrt und sich alles, was kommt, reinzieht. Kaum geht er einmal einkaufen. Er holt sich vor allem Biernachschub. Feste Nahrung scheint ihm fremd zu sein. Er lüftet gerade mal am Morgen, stellt sich eine Weile ans Fenster, raucht seine Zigarette und wirft die Kippe auf die Straße, bevor er wieder auf dem Sofa Wurzeln schlägt. Spät nachts spult er immer dieselben Pornos ab, die er nie leid wird.

Heute Morgen leise Geräusche auf dem Treppenabsatz. Wieder die beiden. Die Alte und ihr Mann am Schnüffeln. Sie haben gehorcht, die Löffel an die Tür gepresst. Ich habe mich auf die Decke gelegt und einen Augenblick lang aufgehört zu atmen. Bringt mich mein Luftanhalten wirklich zum Verschwinden?

Sie sind wieder runtergegangen. Ich habe gehört, wie sie im Treppenhaus redeten, ohne dass ich hören konnte, was sie sagten. Das nächste Mal mache ich ihnen auf. Ich werde ihnen sagen: »Kommen Sie, kommen Sie doch herein. Sie haben nichts zu fürchten. Ich bin nur auf der Durchreise.«

Sie heißt Jeanne und er, der kleine Alte mit seinem Stock, Roland. Ich habe ihnen die Tür geöffnet. Sie standen wie versteinert auf der Schwelle. Sie waren verlegen, ein bisschen verschämt, mich so zu sehen, mit abgezehrtem Gesicht, ausgemergeltem Körper, in diesem Pyjama schwimmend, der aussieht wie eine Uniform. Ich habe ihnen zugelächelt und Guten Tag gesagt.

Sie beäugten mich, halb erstickt vor Staunen. Sie, in ihrem aus der Mode gekommenen geblümten Rock, und er, mit seinem blau-weiß gestreiften Hemd, mit dem für seinen Vogelhals zu groß gewordenen Kragen, seinen Hosenträgern und der grauen, an den Knien ausgebeulten Hose. Die Beinkleider eines Sitzmenschen.

»Wir haben es uns schon gedacht. Glauben Sie uns, wir wollen Ihnen nichts Böses. Wir wollten nur nachsehen, es könnte ja sein ...«

Sie waren bis ins Mark erschrocken.

»Jetzt wissen Sie Bescheid. Ich tue niemandem etwas.«

Im Gehen drehte Roland sich um.

»Ich habe zur Résistance gehört, wissen Sie. Haben Sie keine Angst, wir zeigen Sie nicht an.«

Dann kann ich ja beruhigt sein. Spätestens in einer Viertelstunde fährt die Polizei vor. Ich sollte vielleicht ein bisschen aufräumen. Damit sie wenigstens den Unterschlupf paletti finden. Ich will ja gerne gehen, aber dann auch wirklich. Es war jener große, an einem Metroausgang aufgelesene Schwarze, der, um die Bullen zu überzeugen, dass er in Ordnung sei, dem sie nichts antun sollten, gerufen hatte, die Arme in der Luft: »Ich bin sauber! Ich bin sauber!« Saubere Kerle werden von der Polizei respektiert, vor allem, wenn sie schwarz sind.

Jeanne ist wieder gekommen. Ich hatte die Tür offen gelassen. Wozu sollte ich sie noch schließen? Sie kam ohne Umstände herein, die Arme mit Kleidern und Bettwäsche beladen. »Hier«, sagte sie, »hier haben Sie etwas zum Wechseln und anständiges Bettzeug. Das sind Rolands Kleider. Ich weiß nicht, ob sie Ihnen passen. Geben Sie mir Ihre Wäsche, ich mache morgen eine Maschine. So können Sie sich wenigstens umziehen. Ich bringe Ihnen gleich zu essen, ich hoffe, Sie essen alles. Sie müssen wieder zu Kräften kommen. Haben Sie keine Angst. Wir werden niemandem etwas sagen, vor allem nicht den Nachbarn. Wir wollen keine Scherereien. Übrigens, morgen kommt uns unsere Schwiegertochter besuchen. Machen Sie keinen Lärm. Es könnte sie argwöhnisch machen.«

Am nächsten Tag, am späten Nachmittag, klopfte es drei Mal an der Tür. Es war Jeanne, begleitet von einer jungen Frau. »Das ist Nicole, unsere Schwiegertochter. Sie wollte Sie unbedingt kennenlernen. Wir konnten es ihr nicht abschlagen«, gestand sie mit belegter Stimme.

Ich war zur Sehenswürdigkeit der Familie geworden.

Nicole ist groß und dunkel mit langen, schwarzen Haaren, leicht geschlitzten Augen, hohen Wangen, fleischigen Lippen und aufreizenden Brüsten. Sie kommt auf einen zu und scheint zu sagen: »Kommen Sie her, ich möchte Sie kennenlernen«, mit einer natürlichen Autorität, die sie nicht hinter einem Anstandslächeln zu verbergen sucht. Wir redeten über dies und das, von der Schwierigkeit meines Falls (was für ein Ausdruck!), dann wurde Jeanne sichtlich nervös und zuckte bei jedem Geräusch aus dem Treppenhaus zusammen. Die Nachbarn, sagte sie mit einer kaum hörbaren Flüsterstimme, dürften nichts erfahren. Das wäre ein Skandal! Nicole schoss ihr einen bösen Blick hinüber.

Gegenüber ist ein Paar mit zwei Kindern in die leere Wohnung im ersten Stock gezogen. Der Umzug hat den ganzen Tag gedauert. Die Kinder tobten herum und rannten hin und her. Der Junge scheint um die fünf zu sein, seine Schwester sieben oder acht. Ihre Mama, eine Blondine mit hängenden Gesichtszügen, hat sie immer wieder zurückgepfiffen, aus Angst, sie gerieten den Umzugsmännern zwischen die Beine. Der Vater ist vom Typ athletischer Entscheidungsträger, der auf alles eine Antwort weiß. Am Abend haben sie sich um den Küchentisch gesetzt und eine Kleinigkeit gegessen. Ich beneidete sie um ihr ruhiges Glück.

Nicole ist gekommen, die Arme voll Proviant und Bücher. Sie hat mir dazu einen tollen neuen Pyjama geschenkt. Ich war gerührt und wusste nicht, wie ich ihr danken sollte. Michel, der sie nicht kennt, misstraut ihrem Auftauchen. So ganz nebenbei hat er mich vor ihrem Umgang gewarnt. Heute Abend ist er mit Serge vorbeigekommen. Um ihn nicht zu verletzen, habe ich gute Miene zum bösen Spiel gemacht, aber Serge kümmerte das nicht. Er machte kaum verhüllte Anspielungen. Als sie gehen wollten, bat ich Michel zu bleiben, um unter vier Augen mit ihm reden zu können. Er schüttelte mich ab und schützte eine Verabredung vor.

Zu meiner großen Überraschung kam Michel gegen Ende des Vormittags mit Croissants und entschuldigte sich für das, was am Vorabend passiert war. Während er Tee machte, ließ ich meiner Wut, die meine Nacht zerfressen hatte, freien Lauf. »Sag mal, Michel, kannst du mir erklären, was ihr beide zusammen ausheckt? Was habt ihr euch in den Kopf gesetzt? Dass ich eure Geisel bin, dass ich mit dir und deinen Kumpels ins Bett gehen werde?«

»Geh nicht gleich an die Decke. Davon war nie die Rede.«

»Und gestern Abend, was sollte das mit diesem Wichser? Wollte er mit meinem Schwanz Billard spielen?«

»Ich bin nicht wie Serge. Der hat seine Macken.«

»Hör mir gut zu, ein für allemal. Wenn dieser Typ noch einmal hierherkommt, nehme ich ihn von hinten und nicht so, wie er denkt. Wofür hält der sich eigentlich? Ich bin nicht von dieser Scheißarmut und den Scheißdespoten weggelaufen, um hier herumzuhuren. Deine Haltung ist verletzend. Ich hatte an unsere Freundschaft geglaubt, dass du mich respektierst, und jetzt das!«

»Aber wer respektiert dich nicht?«

»Es ist deine Haltung, das Getue dieser Karnevalstunte. Soll er doch in den Kellern aufreißen gehen, wo er sonst auch immer hingeht. Und du hast nichts Besseres zu tun, als ihn mir herzubringen.«

»Das geht zu weit. Es reicht!«

»Du willst mir sagen, wo oben und unten ist? Hast du nicht mehr alle?«

»Ich … Ich liebe dich.«

»Ich bin nicht blind, aber davon war zwischen uns nie die Rede. Auch aus diesem Grund will ich mich verziehen. Je schneller, desto besser.«

»Das ist ein Missverständnis.«

»Hör auf zu flennen, meine Fresse! Du bist doch kein Waschlappen, oder?«

»Hör zu, wir finden eine Lösung. Wir suchen uns etwas anderes. Dir wird es an nichts fehlen.«

»Du bist völlig übergeschnappt! Du willst mit mir zusammenleben?«

»Was wäre denn schon dabei? Ich verspreche dir ... Wir werden nicht miteinander schlafen.«

»So, und warum nicht? Hör auf mit diesen Fantasien. Sie machen eine schon ziemlich vertrackte Situation nur noch komplizierter, und schaff dir den Typen vom Hals. Er ist egozentrisch, pervers, vollgestopft mit Vorurteilen. Er hat ständig nur seine Obsessionen im Kopf. An dem Tag, an dem du ihm keinen Vorteil mehr bringst, wirst du nichts mehr von ihm hören. Sag schon, stimmt's oder nicht?«

Sobald ich mich beruhigt hatte, setzte ich mich neben Michel. Wir redeten über den Frühling, der gekommen war, von seinem Studium, seinen Eltern. Ich wollte, dass er begriff, dass meine Wut nicht gegen ihn gerichtet war. Er bot mir ein altes Handy an, mit dem ich »Stack Attack« oder »Elfmeter« spielen konnte. Sobald die Batterien leer wären, würde ich sie wegen des abgestellten Stroms nicht wieder aufladen können.

Nicole ist wieder gekommen, so strahlend, so herzlich. Wir scherzen oft. Sie erzählt mir von ihrer Arbeit, von ihren Schwiegereltern, die sie im Andenken an Robert, ihren verstorbenen Mann, oft besucht, und spottet über die Sätze ihres Schwiegervaters, indem sie die meckernde Stimme des Alten nachmacht: »Erstaunlich, wirklich erstaunlich«, habe er beim Füttern der Katzen gesagt. »Du kannst dir nicht vorstellen, in welchem Zustand wir diesen Hungerleider gefunden haben. Zum Glück hat Jeanne ihm einige Klamotten hochgebracht. Das ist wirklich erstaunlich. Ich hätte nie geglaubt, dass man so leben kann. Wir konnten den Jungen ja nicht verhungern lassen. Wir sind doch Christen, nicht wahr? Trotzdem, wir sollten mit seinem Freund reden. Er muss eine Lösung finden oder ihn ausliefern. Es wird ihm ja nichts passieren. Wir sind doch keine Wilden hier, also wirklich.« Er hatte schon die Hand zum Hörer ausgestreckt. Es juckte ihn irgendwie in den Fingern. Er konnte kaum mehr stillsitzen. Das Ereignis, das heißt, dass sie mich entdeckt hatten, hatte neues Leben in seine Adern gepumpt. »Das ist erstaunlich, wirklich erstaunlich ...«, und Nicole, wie sie losprustet.

Seit ihrem Auftauchen ist es mit meiner Ruhe vorbei. Der Gedanke an sie lässt mich nicht mehr los. Ich stehe Wache, lasse meinem Körper nicht die geringste Erholung. Wohin wird mich diese Spirale führen? Ich klammere mich an die Augenwischereien aus dem Selbstbedienungsladen meiner Träume und habe Hemmungen, den satanischen Wünschen nach Vergeltung für eine Vergangenheit aus Demütigungen und Verbitterungen Einhalt zu gebieten.

In meinen Fantasien galoppiere ich an ihrer Seite einem Land zu, in dem ich nicht mehr dieses Tier bin, das mit dem Gewehr des Hasses gejagt wird. Was habe ich getan, ein solches Schicksal zu verdienen, was haben wir getan, dass man uns nur Argwohn und mit schwärzester Verachtung getränkten Abscheu entgegenbringt?

Ich träume von nackter Zärtlichkeit. Meine Trugbilder zittern beim Kerzenschein und geben ihrem Gesicht den so lange gesuchten Charme. Um davon wegzukommen, stelle ich mir eine kollektive Auslöschung vor, die dieser endlosen Menschenhatz ein Ende bereiten würde. Welcher Gaukler führt uns mit dem Ton seiner Flöte an den Rand der Klippen, von denen wir uns stürzen werden?

Mein Verhältnis zu Michel ist angespannt. Seit einigen Tagen taucht er plötzlich und nur für kurze Zeit auf, bringt alte Zeitschriften und inspiziert misstrauisch den Lebensmittelbestand, verwirrt, dass Nicole mich regelmäßig versorgt. Meine Erklärungen scheinen ihn nicht zu überzeugen. Er hält daran fest, dass hinter seinem Rücken intrigiert wird, und er hat mich andeutungsweise beschuldigt, sein Vertrauen zu missbrauchen. Die Behauptung ließ er absichtlich im Vagen. Ich habe nicht versucht, die Sache zu klären. Ich werfe mir meinen mangelnden Mut vor. Oder ist es Faulheit?

16

Nicole hat mich zu sich nach Hause mitgenommen. Wir hatten es am Vorabend beschlossen. Am schwierigsten war, Roland und Jeanne meinen Weggang verständlich zu machen. Sie schienen plötzlich an meiner Anwesenheit zu hängen. In Wahrheit fürchteten sie, dass Nicole etwas zustößt.

Nicole hat ihnen die Wahrheit gesagt, ohne zu wissen, was ihnen mehr Kummer bereitete: dass sie ihnen in ihrer dumpfen Langeweile plötzlich die Freude entzieht, eine heroische Betätigung gefunden zu haben, oder dass sie mich von nun an am Arm ihrer Schwiegertochter sehen werden.

Wir verließen das Haus in der Nacht und mieden das Stadtzentrum. Verrückt vor Angst, wir könnten in eine Kontrolle geraten, wechselten wir kaum ein paar Worte.

Nachdem wir einige wenige Sachen und meine Hefte gepackt hatten, ließ ich die Speichen des Fahrrads ein letztes Mal drehen und sagte Madame Immertipp und den anderen Bewohnern des Hauses gegenüber, deren Leben mir geholfen hatte, die vergangenen Monate in der Mansarde zu überstehen, ein stummes Adieu.

Ich hätte wie aus Versehen ein Streichholz werfen

mögen, um alles in Asche zu legen. Es hätte überhaupt keinen Unterschied gemacht. Diesen Ort kenne ich nun in- und auswendig, er ist mir in Fleisch und Blut übergegangen. Meine Art mich zu bewegen hat sich verändert. Die Flüstermanie hatte ich bereits; aber mein Körper ist anders geworden: Ich gehe bedächtig, auf Zehenspitzen, vermeide brüske Gesten, horche auf Geräusche, entschlüssle automatisch, woher sie kommen. Eine neue Art zu sprechen, mich zu bewegen, mich zu setzen. Das also bedeutet Gefängnisalltag. Oft habe ich davon geträumt, ein Drehbuch über ein hämisches Nagetier zu schreiben, das, die Hirnwindungen voller Tricks, die Katastrophe überlebt hätte. Aber wer würde einen Film über eine Ratte machen wollen?

Ich ließ die Tür offen und auf der Matratze einen Zettel, um Michel zu danken und ihm zu erklären, es sei besser, wenn wir uns so trennten.

Wir gehen jeden Tag im Tannenwald neben dem Haus spazieren, »Muskeltraining«, erklärt Nicole lachend. Nicole lacht über meine Witze und sonst schweigt sie. Ich bin versucht, ihr die in meinem Hirn gespeicherten Worte an den Kopf zu werfen. Es herrscht ständig Stau.

Mein Weggang aus dem Zimmer – meine Befreiung, müsste ich sagen – hat meine Sinne gelöst und den Weg für die in meinem Hals steckengebliebenen Töne freigemacht. Nicole wird allmählich direkter. Sie fragt mich aus: »Denkst du an Michel? Machst du dir Vorwürfe, ihn so verlassen zu haben? Es nagt an dir. Ich weiß es.«

Es stimmt. Ich denke an den Schlamassel, in dem ich ihn sitzen gelassen habe. Ich hätte lieber noch eine letzte klärende Auseinandersetzung mit ihm gehabt. Um vor meinen Gefühlen zu fliehen, antworte ich ausweichend:

»Ich habe ständig von einer Welt geträumt, in der der Hunger nur eine Erinnerung wäre. Bis es soweit ist, fiedeln sie uns ein Wohltätigkeitskonzert nach dem anderen vor.«

»Wie pessimistisch du sein kannst.«

Wie ich versucht auch sie, ihre Angst zu verbergen. Ich habe das Problem hin- und hergewälzt. Ich müsste mich in meine Heimat zurückschaffen lassen und warten, bis sie mich holen kommt, dann könnten wir heiraten. Einzige Schwierigkeit: Das Konsulat könnte sich weigern, mir ein Visum auszustellen, weil ich mich illegal im Land aufgehalten habe. Unsere Zukunft hängt vom guten Willen eines Beamten ab. Im Fall einer Zurückweisung hätten wir keine zweite Chance.

Gestern Abend hat sie eine ihrer Freundinnen zum Essen eingeladen. Ich packte die Gelegenheit beim Schopf und erzählte meinen Witz vom Zauberer auf dem Kreuzfahrtschiff. Da die Passagiere alle vierzehn Tage wechseln, denkt er, er müsse keine neuen Nummern mehr bringen. Der Papagei des Kapitäns ruft bei jeder Vorstellung gelangweilt: »Er hat den Hasen unter dem Tisch versteckt«, oder: »Die Blume steckt im Hut«. Eines Nachts kommt es zu einer Havarie des Schiffs. Der Taschenspieler und der Papagei werden gerettet. Sie halten sich an einer Planke fest und schweigen sich an, wobei der Zauberer den Vogel mit seinen riesigen schwarzen Augen fixiert. Beim Morgengrauen sagt der Papagei endlich: »Mach nicht so ein Gesicht! Es tut mir leid. Wollen wir Frieden schließen und du sagst mir, wo du das Schiff versteckt hast?« Wir lachten laut heraus, vor allem Claudia, eine unverbesserliche Optimistin, die ihr Leben als bunten Karneval erzählt. Von ihrer Arbeit berichtet sie mit ätzendem Humor, jeder Satz eine Pointe. Als sie mich nach meinem Broterwerb fragte, gab es einen Augenblick der Unsicherheit. Nicole warf schnell ein, ich sei auf der Durchreise. So wie die Freundin mich von der Seite anschaute, begriff ich, dass sie nicht darauf hereinfiel. Ich zog es vor, ihr die Lage zu umreißen. Nach ihrem Weggang beruhigte mich Nicole. Ich brauchte jemanden, der mich festhielt.

Am fünften Tag, nachdem ich bei Nicole eingezogen war, nach dem Frühstück und der Abwaschzeremonie – sie legt großen Wert auf die Sauberkeit ihrer Küche – fing sie mit dem Thema Überfluss an. Ich weiß nicht, was diesen Redeschwall auslöste. Der Wein, die wachsende Nähe zwischen uns … Sie sprach von ihrer Anstellung als Lehrerin, die sie nicht aus Resignation angenommen habe, sondern, weil sie diesen »verdammten Beruf« liebe, und dann von Roberts Tod, er sei an Krebs gestorben. »Es ging alles so schnell«, sagte sie. »Innerhalb eines Jahres versank unsere Insel in den Fluten. Allein in dieser Bude zu sein, nicht zu wissen, was anfangen mit meinen Händen, vom Morgen bis zum Abend, meinen Körper zu hassen, niemanden treffen zu wollen … Ich habe mit unseren

Freunden Schluss gemacht. Sie hatten meine Starrköpfigkeit satt.«

Ich nahm ihre Hand.

»Ich wäre gern heiterer. Aber das ist nicht meine Art, ich hatte kein Glück. Ich werfe mir vor, ihm nicht gefolgt zu sein. Ich möchte dich nicht verletzen, nimm es mir nicht übel, aber du gleichst ihm sehr. Eine verblüffende Ähnlichkeit, wenn man von der Hautfarbe absieht.«

»Darum!«

»Sei mir nicht böse. Ich will nicht, dass wir uns missverstehen.«

»Mein ganzes Leben ist ein einziges Missverständnis.«

»Kümmer dich nicht um meine Gefühle.«

»Wie bitte soll das gehen?«

»Bring mich nicht noch mehr durcheinander. Als ich dich zum ersten Mal sah, hätte ich fast laut herausgeschrien. Ich blieb wie angewurzelt stehen und sagte mir: Rühr dich, meine Alte, du hast Mitleid mit dem Typen, aber lass deine guten Gefühle beiseite. Verschwinde, verschwinde bloß schnell.«

»Du hattest Mitleid?«

»Nenn es, wie du willst. Ich würde gerne sehen, dass meine Landsleute dasselbe empfinden.«

»Ich weiß nicht. Die Gleichgültigkeit ist alltäglich geworden; die Leute verteidigen sie oder wechseln das Thema. Es liegt in der Zeit. Der Ultraliberalismus bedeutet auch schleichenden Rassismus und Rekolonialisierung.

Die Menschenrechte sind nur ein über den Säbel und den Hochdruckreiniger gezogener Minislip.«

»Du übertreibst.«

»Kaum. Schriftsteller, die plötzlich nur noch Hassbotschaften verbreiten, sind alltäglich geworden und gelegentlich sogar höchst erfolgreich. Das ist die Grausamkeit der Mode.«

»Wollen wir nicht aufhören mit diesem Spielchen? Ich will mich nicht drücken, die Diskussion interessiert mich, aber reden wir später weiter, wenn du magst. Jetzt müssen wir den Kühlschrank füllen. Hast du einen besonderen Wunsch?«

Innerhalb von wenigen Tagen bin ich vom Hunger zum Ausdruck meiner Wünsche gelangt. Ich hatte nur Lust, Nicole in meine Arme zu schließen und die Schmerzen, die ihr Gesicht zeichneten, aus ihrem Körper zu vertreiben, um endlich friedlich in ihrer Schulterkuhle einzuschlafen. Ich wollte nur das. Sie fuhr mit dem Fahrrad los. Ich blieb allein in der Bude, verschüchtert durch die Stille, eine gestrandete Arche am Rand der Stadt, wie eine Barkasse an einem Waldstück festgemacht. Ich sehnte mich ein bisschen nach meinem Zimmer, dem Ort meiner alten Identität.

Ich musste mir eine neue zurechtlegen inmitten dieser tiefen Sofas, der fuchsienroten Tapeten, die den Salon in ein rosa Licht tauchten, Pastelltöne der Zimmer, die davon abgingen. Ich schritt die riesige, für ein dionysisches Fest ausgelegte Küche ab und musste mir eingestehen, dass ich ohne Gewissensbisse glücklich war.

Ich entschied mich, im Erdgeschoss zu bleiben. So konnte ich beim geringsten Alarm verduften.

Ich bin auf dem Diwan eingenickt. Als Nicole zurückkam, legte sie sich zu mir. Ihre Lippen schmiegten sich an meine und ihre Zunge erforschte meine Mundhöhle. Ich wachte sanft auf, nahm sie in meine Arme und überdeckte sie mit Küssen. Meine Hand knöpfte ihre Bluse auf, löste den BH, befreite ihre nach Ambra duftenden Brüste. Wir rollten auf dem Teppich hin und her. Meine Hände glitten über ihr Kreuz, erkundeten ihre Hüften, glitten zwischen die Schenkel, hinab und wieder hoch, streichelten sie lange. Die Liebe katapultierte uns in einen langen feurigen Tanz der Haltlosigkeit.

Ich habe mich nach außen abgeschottet, in meiner Vorstellung war ich bereits auf der Rückkehr und am Ende meiner Irrwege. Meine Ängste und den Hunger lege ich allmählich ab. Ich sehe die Ufer meiner Kindheit wieder. Ich spiele wieder mit den Wellen, die mich über die Länder, die ich kennenlernen wollte, hinausgetragen haben, in dieses Land der Sehnsucht, aus dem ich doch immer wieder zurückkehren wollte. Meine Erinnerungen und die Erzählungen des Großvaters reichen mir die Hand. Meine Gespräche mit Nicole, die Verflechtung unserer Ängste haben mir neuen Lebensmut gegeben. Ich liebe Nicole, und das zu sagen gibt mir die erstaunliche Kraft, an jeden Tag neu zu glauben. Ich schreibe ihr kleine Briefe, die ich in irgendwelchen Winkeln verstecke.

Sie macht sich ein Spiel daraus, sie zu suchen, und liest sie errötend. Ihre Augen glänzen von einem Glück, das ich genieße. Ich fühle mich wie ein Poet auf der Suche nach dem Zauber dieses labyrinthischen Hauses, dessen Größe mich nachhaltig beeindruckt. Manchmal zweifle ich an allem und schnüffle überall herum, um mich zu vergewissern, dass ich lebe. Ich muss indes die Freude dämpfen, in der ich mich wiege. Nicole weigert sich mir zuzuhören, stopft sich die Ohren zu, schwingt große, wie trunkene Reden. Ich werde nach Tanger zurückkehren, diesen Schweinehund von einem Schlepper finden und ihn mit meinen eigenen zwei Händen erwürgen, so dass er Gift und Galle speit. Aber ist wirklich dieser Unheilsmohr schuld? Sollten wir nicht diejenigen bekriegen, die zulassen, dass unserem Land die Kräfte entzogen werden, die uns das Blut aussaugen, ohne dass ihnen jemand Einhalt gebietet? Jedes Mal, wenn sie vor der Welt einen Kniefall machen und uns damit erniedrigen, werden sie belohnt. Wie kann ich Nicole davon überzeugen, dass unser Glück beim geringsten Zwischenfall in Stücke springt, dass ich nicht ewig weiter auf der Flucht bleiben und versteckt leben kann, begraben unter einer Glocke des Schweigens? Ich hatte von einem Leben in Freiheit geträumt, aber bei uns hieß es: »Willst du ein besseres Leben, musst du anderswo suchen.« Der Spruch hat sich in einen Albtraum verwandelt und verschlingt mit seinen Flammen diejenigen, die daran geglaubt haben. Ich fürchte, Nicole zu verlieren und mich gleich dazu, schon wieder, ich wüsste nicht, wohin gehen oder was tun.

Nicht nur die Straßen sind versperrt. Auch der Horizont, obwohl er jedes Mal zurückweicht, wenn man sich ihm nähert. Der Schrotthändler unseres Viertels, der Müllminister, hatte es bereits gesagt. Er wusste, dass wir besessen waren wegzugehen und sagte uns voraus, dass wir wie das Alteisen enden würden, das sich auf seinem Gelände stapelte. »Ihr werdet aussehen wie diese rostigen Teile, man wird Hampelmänner aus euch machen, ihr werdet verrecken wie die Hunde. Ihr werdet eure Knochen aussaugen, bevor ihr, dümmer als zuvor, ins Gras beißt.« Der Müllminister thront noch immer hoch oben auf den entkernten Autowracks und Abfallbergen, in denen Bengel wühlen müssen, die er mit Ohrfeigen und trockenem Brot bezahlt und in seinem schäbigen Schuppen schlafen lässt. Die Gemeinde dankt ihm dafür, dass er dieses schreckliche Waisenhaus eröffnet hat, und er, er brüstet sich freitags in der Moschee damit und überredet Unentschlossene, ihm ihre zahlreiche Nachkommenschaft anzuvertrauen. Der Müllminister hofft darauf, in irgendein Amt gewählt zu werden, mit von Medaillen übersäter Brust, die er nach Gewicht verschachern wird, um seine Beutegier zu stillen. Was wäre ich geworden, wenn ich nicht die große Reise unternommen hätte? Wo wäre ich jetzt, zu dieser Stunde? Wäre ich zum Gehilfen dieses Illusionierungsapparats geworden, ein Aufseher neben anderen, ewigen Versagern großkotzige Reden schwingend, jenem Abschaum aus den Souks* der

* Basare

Arbeitslosen, die mit ihrem eigenen Rücken die Mauern stützen, die eingestürzt wären, wenn sich nicht diese barmherzigen Hilfskräfte gefunden hätten? Wir haben unsere Wunschträume geschrotet und den Stolz hinuntergeschluckt, um im Chaos dieser Spinner unterzugehen und nur noch die Schatten von Demonstranten zu sein, die vergeblich für verweigerte Rechte kämpfen, Statisten in diesem kaputten System des Handels mit längst verdorbenen Produkten. Vom-Winde-Gekloppt, der Freund des Müllministers, hatte mich ebenfalls gewarnt, aber, anders als sein Kollege, flüsterte er mir ins Ohr: »Hör nicht auf diesen stinkigen Fischhändler. Mach schon, such das Weite, beeil dich. Die Tore werden geschlossen und dann hockst du da mit all den anderen, in dieser sich täglich weiter ausbreitenden Wüste, denn denen, die glauben, das Paradies zu finden, wird nur Wüstensand angedreht. Unser Kochbuch hat nur ein Rezept: sich in den Schluchten der Erbenlosigkeit zu verirren, und ihr, die Generation der Hundesöhne, werdet als Flagge nur den Schwanz eines anämischen Schakals in den Händen halten.« Ah! Hätte ich nur auf den Müllminister gehört, ich wäre einen langsamen oder raschen Tod gestorben und der Werbung des Schleppers entgangen! In unserem Viertel warten noch andere Haraguas* darauf, das Boot hinter sich zu verbrennen, und wieder andere, an Fata Morganen glaubend, arbeiten am Bau eines Tunnels nach Eden und richten die wegen fehlender Baugenehmigung in einer Nacht errich-

* Arabisch für Schwarzfahrer (wörtlich »der verbrennt«): Bezeichnung für Illegale, die die lebensgefährliche Überfahrt nach Europa wagen.

tete Moschee ein. Im Gotteshaus hat jede Gruppe ihr Territorium markiert. Rechts vom Eingang beten laut und inbrünstig die Arbeitslosen, die ihrem Arme-Schlucker-Dasein endgültig ein Ende bereiten wollen, so dass sie von Bouzelouf* angeherrscht werden, dem kurzbeinigen pädophilen Imam, der die Kanzel mithilfe der Trabendisten** aus den ersten Reihen erobert hat. Die andere Seite gehört den »Roten«, die so heißen, seit sie in ihren Rängen einen Gewerkschafter haben, und direkt vor ihnen lagern die Parteilosen. Die Beznassi*** haben genau gegenüber dem Imam Platz genommen, damit sie den kürzesten Weg ins Paradies haben, und so bleiben die Arbeitslosen in der Nähe der Tür, um sich den ersten Couscousteller unter den Nagel reißen zu können, der an den Tagen in die Moschee gelangt, an denen sich Gott erinnert, dass die Gebisse seiner Kreaturen im Leeren mahlen, und ihnen einen Obolus schickt. Keine Beschneidung, keine Hochzeit, kein Begräbnis ist vorstellbar ohne Entsendung einer Gabe an die Moschee. Das Ritual ernährt die Spezialisten. Mit vom übergroßen Löffel ausgebeulter Tasche wachen sie über die Einhaltung des Fest- und Beerdigungskalenders, aus Angst, eine Fressalienvergabe zu verpassen. In dieser Moschee zelebrierte Scheich Hachemi die Gebete, ein entfernter Cousin meines Vaters, bevor er durch jene Besessenen von der Kanzel verstoßen wurde, die Gott zum Diener ihres Irrsinns gemacht haben.

* Algerisches Gericht: Schafskopf
** Schwarzmarkthändler
*** Von »business«: Geschäftsleute

Hachemi hatte von seinem Vater, ganz nach den Vorschriften des heiligen Ben Okbi, der seinen Nachkommen empfahl, sich in Gruppen aufzuteilen, damit sie einander aus den verschiedenen Lagern Hilfe leisten konnten, den Befehl bekommen, Gott zu dienen. Er hatte sich an den Wunsch gehalten und die Stufen erklommen bis in die Regierungskreise unserer Stadt. Für Frauen verfasste er Talismane, die er mit einem Schilfrohrkiel auf kariertes Papier kritzelte, und verdarb sich dabei die Augen. Seinen Neigungen nachgebend hatte sich der Imam, als Ausgleich für die Wunder, die seine Amulette vollbrachten, ein Netzwerk aus zahlreichen mit Begünstigungen nicht gerade knausrigen Berühmtheiten geschaffen.

Seine Fetische, die Krankheiten, einschließlich Aids, Impotenz, Untreue, Sterilität und Armut bekämpften und vor anderen Flüchen schützten, wurden zurückerstattet, falls der Käuferin nicht Genüge getan wurde. Man konnte sie sammeln, tauschen, ins Leihhaus bringen, zum Doppelten und Dreifachen ihres Preises verkaufen, aber nicht zerstören. Es war bekannt, dass jeder Versuch den Täter und die Seinigen für Generationen ruinieren würde. Umsichtige Händler legten Vorräte an, die sie zu verblüffenden Preisen verschacherten.

Hachemis Bekanntheit war größtenteils auf seinen Mut zurückzuführen. Eines Tages schmiedeten die Funktionäre der Glaubensgemeinschaft ein Komplott, um ihn in ein Dorf im Landesinnern zu versetzen, damit sie sich sein Haus unter den Nagel reißen konnten. Durch die riesigen Fensterscheiben hatte man eine herrliche Sicht auf Küste, Felsenspitzen und Grün, das direkt ins Meer abfiel.

Am Abend, zwischen dem Gebet bei Sonnenuntergang und dem Gebet bei Einbruch der Nacht, setzte sich Hachemi zwischen seine Frauen, lobte den Herrn, ihn mit dem Augenlicht ausgestattet zu haben, um die Schönheiten der Welt betrachten zu können, mit Händen, um die Haartracht seiner Gemahlinnen streicheln zu können, und mit einer angenehmen Stimme, um Ihm für die guten Dinge zu danken, die Er ihm schenkte.

Kaum waren die Verleumdungen der eifersüchtigen Funktionäre dem Minister überbracht worden, schickte der Jähzornige dem Sybariten* Hachemi einen Versetzungsbescheid, worin er ihn hieß, als neuen Bestimmungsort »den Arsch der Welt« aufzusuchen, wie dieser von dem Frommen bezeichnet wurde, der seinerseits in eine fürchterliche Wut geraten war.

Hachemi fuhr fort, die täglichen Gebete zu leiten sowie das bedeutendere vom Freitag. Der Minister beauftragte einen Gesandten, dem rebellischen Imam Folgendes mündlich zu überbringen: »Du wirst diese Moschee mit deinem Gott oder ohne ihn verlassen!« Auf die offizielle Blasphemie antwortete Hachemi mit einem Fluch vom selben Format: »Geh deinem Minister sagen«, gab er dem Gesandten bekannt, »dass meine Schritte weder mit noch ohne Gottes Geleit diesen Raum verlassen wer-

* Schlemmer

den.« Aus lauter Angst vor dem Zorn seines Chefs bedauerte der Urheber des Komplotts, sich so weit vorgewagt zu haben. »Endlich ein Mann!«, rief der Minister dem verdutzten Beamten zu. »Das ist gut gesprochen! Von jetzt an möchte ich, dass man ihn nicht mehr belästigt. Wenn alle unsere Imame von diesem Kaliber wären, sähe die Lage anders aus.«

Hachemis Ruf ging gestärkt aus dieser Auseinandersetzung hervor, aber er sollte noch viel schlimmere zu bestehen haben. Gottesverrückte setzten sich in den Kopf, ihn mit einer Schmutzkampagne von der Kanzel zu stoßen, indem sie seinen Geschmack für Luxusartikel anprangerten und ihn als Anhänger des Satans bezeichneten. Er musste mit ansehen, wie sie von der Moschee Besitz ergriffen, täglich zahlreicher, zunächst in den hinteren Reihen, dann unbemerkt näherkommend, bis sie direkt vor ihm standen.

Er hatte seine Antwort schon lange vorbereitet, einen Knüppel aus Olivenholz, den er unter dem Teppich versteckt hielt. Eines Freitags, gleich nach der Predigt, ergriff einer von ihnen das Wort:

»Ich möchte dich etwas fragen«, hob er an, keinen Widerspruch duldend.

»Nach dem Gebet«, antwortete Hachemi, der die Provokation ahnte.

»Jetzt, jetzt, er stellt seine Frage jetzt«, rief die aufgebrachte Bande.

»Sei's drum«, sagte Hachemi. »Möge er seine Schlinge auswerfen oder auch mehr, wenn er wünscht, aber zuvor möchte ich, dass er mir eine Frage beantwortet. Ich bin der Imam, nicht wahr?«

Die Gläubigen bejahten einstimmig. Ermutigt räusperte sich Hachemi: »Wer von euch kann mir sagen, wie viele Riten es im Islam gibt?«

Dröhnendes Gelächter antwortete auf seine Frage.

»Ist das deine berühmte Prüfung? Jede Rotznase kennt die Antwort. Hältst du uns für Trottel?«, kreischte ein Rotschopf mit kajalumrandeten Augen völlig außer sich.

»Ich frage noch mal«, sagte Hachemi. »Wie viele Riten gibt es in unserer heiligen Religion? Wenn ihr geantwortet habt, stelle ich mich euren Fragen.«

»Der Islam hat vier Riten, die nur die Teufelsanhänger nicht kennen: den Ritus der *Malikiten*, der *Hanafiten*, der *Hanbaliten* und der *Schafiiten**«, zählte der Intelligenzler der Bande spöttisch auf.

»Der Teufel sei verflucht«, sagte Hachemi. »Ihr vergesst einen!«

Ein missbilligendes Murmeln waberte über der Versammlung.

»Von nun an zählt der Islam fünf Riten«, sagte der Imam laut und deutlich. »Es gibt die, die ihr kennt, und einen fünften für diese Nichtsnutze. Es ist der Ritus des Knüppels!«, verkündete er und hob den Stock über die Schädel seiner Widersacher.

Der Zwischenfall erregte großes Aufsehen. Man warf Hachemi vor, die Beherrschung verloren zu haben. Von

* Rechtsschulen der Sunniten

den Denunziationen und Delegationen alarmiert, rügte die Regierung sein Verhalten. Als der Minister die Region besuchte, übergab ihm Hachemi die Schlüssel der Moschee und den berüchtigten Knüppel. »Bitte«, sagte er, »hier sind die Schlüssel dieses Hauses und dieses bescheidene Gerät. Ich hoffe, dass es Ihnen nützen wird. Oder aber Sie überlassen ihnen die Moschee und verstecken den Stock. Sie würden ihn gegen Sie erheben.« Der Minister tat, als sei er taub, und sprang erschreckt in seine Limousine.

Seitdem führt Hachemi, verbittert und müde, sein heiliges Amt in einer entfernten Moschee weiter. Eines Tages beschloss die Landwirtschaftsgenossenschaft, ihre Kartoffelvorräte zum halben Preis zu verkaufen. An den Toren bildeten sich lange Schlangen. Alle wollten vom Glücksfall profitieren und die am wenigsten bemittelten Bauern stellten komplizierte Rechnungen an, wie hoch ihr Profit sein werde. Auch der Imam begab sich zur Genossenschaft, überzeugt, dass ihn seine Schäflein nicht Schlange stehen lassen würden. Er gab schon bald auf und musste sich hinten anstellen. Als er an der Reihe war, schulterte er einen Sack Kartoffeln und schlug den Nachhauseweg ein.

Beim Abendgebet stellte er sich hinter die letzte Reihe der Gläubigen. Nach langem Warten entdeckten sie ihn, an die Rückwand gelehnt. »Was? Wollen Sie nicht das Gebet leiten?«, krächzte ein kleiner, vom Rheuma gebeugter Alter.

»Von nun an«, sagte der Imam, »werdet ihr alleine beten. Da ich in euren Augen weniger wert bin als ein Sack Knollen, sucht euch einen solchen und stellt ihn an meinen Platz. Er wird euch genauso nützlich sein!«

Unser Leben gleicht dem des Imams. Die Kartoffelsäcke sind wichtiger als die Jugend unseres Landes.

Ich stamme aus dem Volk der Stille, verfolgt von seiner Hoffnungslosigkeit und dem Tumult, der aus seiner Geschichte ein endlos ausgerolltes Tuch am Ufer der Sandozeane macht, am Rand der unendlichen Zeiten. Ich bin so alt wie meine Wut und spreche die stolze Sprache derjenigen, die nichts zu verlieren haben. Da ich schon tot bin, können sie mich nicht mehr töten. Ich laufe und renne ohne Unterlass, und mein Durst versinkt entweder im Tränenmeer oder in der Liebe, die ich mit keiner anderen Waffe jage als mit meinen Schreien. Ich möchte immerfort schreiben und aufhören mit diesem Leben im Kerzenschein des Verzichts. Ich weiß, dass sie morgen kommen werden, dass sie irgendwann kommen werden. Ich werde da sein und sie erwarten, mit meinem Lächeln bewehrt, dem einzigen Geschenk, das mir das Leben gemacht hat: gestern, an meinem Geburtstag, von Nicole überreicht; ich trage es vor mir her und strecke den Übeltätern die Zunge heraus. Ich kann mir das Schicksal vorstellen, das mich erwartet, ohne dass ich eine andere Sorge hätte, als eine gute Figur zu machen und mir zu sagen, dass es letztendlich Stunden gibt, in denen sich das Schicksal von selbst erfüllt, ohne dass man den Kopf zu heben bräuchte oder die Faust. Ich werde von nun an für mich und für Nicole kämpfen, und nicht nur für meine Ideen, denn diese Währung hat keinen Wert auf dem Fälschermarkt, wo sogar Freunde einen mehr als einmal verraten, weil sie das Gefühl haben, man habe ihnen ihr Spielzeug weggenommen. Nicole und ich gleiten dieser Tage auf Wellenkämmen, strahlende Sklaven eines unaussprechlichen Glücks, aber ich habe mit meinen Illusionen auf Langfristigkeit gesetzt. Sie wütet und beißt mich bis aufs Blut, weil ich der Wirklichkeit nicht ins Gesicht sehen will, und wirft sich in wortreiche Fantasien, die ich bewundere. Sie geben ihren Zügen den Glanz einer Madonna, wie sie in den angesagten Kirchen von den Liebeshungrigen angebetet wird. Wir reden viel, um uns, sowohl sie als auch ich, der zu vielen Schmerzen und Worte zu entledigen.

Ich habe zugenommen, mein Körper ist wachsam geworden und meine Glieder sind wieder voll Spannkraft durch lange vergessene Empfindungen. Ich übe zu reden, aber auch zu gehen und zu lachen, und schöpfe wieder voll aus dem Leben, schütte es in meine Adern, lerne neu das Alphabet einer »normalen« Existenz, denn was eine bloße Existenz ist, weiß ich seit langem. Wir stellen uns ein friedliches Leben vor, gestrickt aus Sorglosigkeit und fruchtbarem Glück. Sie träumt von einem Haufen Kinder und ich, der ich den Preis des Hungers kenne, von der Stille und der Schwierigkeit des Verzichts, und ich beschwichtige sie und zähle ihr meine Prioritäten auf: ein oder zwei Kinder, oder vielleicht gar keine, denn es gibt so viel zu tun, um dort wie hier die Verfechter der Tyrannei und der Lüge zu entwaffnen, und ich packe zu und werfe mich ins Getümmel, da mir die Distanz zur Vergangenheit fehlt. Jede Nacht träume ich davon, wieder an den Ufern meiner Kindheit zu landen, ein Ritter mit unbezwingbaren Waffen, der die Despoten niederstreckt und inmitten der Fluten den Weg in die Zukunft öffnet. Ich träume davon, ein Moses der modernen Zeiten zu sein, der sein Volk in die Freiheit führt. Mitten in der Nacht wache ich zerschlagen auf, mit ausgetrocknetem Mund und schweißnasser Haut, im von einer kleinen Lampe erhellten Zimmer, denn Nicole hat Angst vor der Dunkelheit.

Mehrere Tage lang klingelte ständig das Telefon, ohne dass sich am anderen Ende eine Stimme gemeldet hätte. Jetzt klingelt es weiter, denn Nicole weigert sich hartnäckig ranzugehen. Sie verbietet mir abzuheben. Sie ist fix und fertig. Ihre Schwiegereltern sind gekommen, um sie zu warnen. Ich bin nach oben geflüchtet, während sie in der Küche diskutierten. Jeanne kam hoch und sagte mir, ich müsse weggehen, meine Anwesenheit hier sei gefährlich, sie fürchte um mich und um Nicole. Ich ließ sie reden, ohne sie ein einziges Mal anzuschauen, aus Angst, ihr etwas ins Gesicht zu sagen, was ich später bereuen würde. Sie ist zu alt, sie würde es nicht begreifen. Seit ihrem Weggang hat Nicole den Mund nicht mehr geöffnet. Sie warf sich an meinen Hals und ließ ihren Tränen freien Lauf. Michel ist bei den Alten vorbeigekommen und hat gedroht, die Polizei zu verständigen.

Sie kamen mit vorgehaltener Pistole, nachdem sie die Glastür zum Garten eingedrückt hatten. Sie warfen sich auf mich. Ich konnte nicht die geringste Bewegung machen. Nicole schrie, weinte, erstickte in Schluchzern. Sie zogen sie an den Haaren in die Küche und warfen ihr alle möglichen Beleidigungen an den Kopf. Ich brüllte, trat mit den Füßen um mich. Sie fesselten mich und warfen mich keuchend in ihren Kastenwagen. Ich hörte ein letztes Mal Nicole, wie sie auf sie einschimpfte. Sie ohrfeigten sie. Der Wagen fuhr los. Von Weitem glaubte ich im Halbdunkel Michels Silhouette zu erkennen. War er es wirklich? Wie auch immer. Ich wusste, dass mir nur eine Galgenfrist geduldet worden war. Nicoles Schwiegereltern hatten uns gewarnt. Sie waren völlig in Panik. Heute Abend oder morgen wird man meine Leiche an der Bahnböschung finden, ein zerrissenes Heft in der Hand und ein Lächeln auf dem Gesicht, nur ein Lächeln auf den Lippen, um zu zeigen, dass ich für etwas gelebt habe, dass ich nicht für nichts gelebt habe, in der Kälte dieses Landes, das zwar meinen Körper getötet, meiner Seele aber Flügel verliehen hat. Weint nicht um mich und vergesst mich nicht. Ich werde an euren Türen wachen, ich werde über euren Träumen schweben, ich werde mich an eure Rockzipfel klammern, denn ich habe das arrogante Lächeln der Hunde, die die Angst der anderen riechen können und als Pensionäre der Feigheit ein ganzes Leben davon leben. Ich bin weder Skelett noch *Men* noch *Atten*, und ich setze kein *Sch*, denn der Mensch hat keinen Schatten und ein Schatten allein ist kein Mensch, denn die Hunde, seht ihr, haben mehr Platz in euren Herzen als wir, diese Fleischklumpen, diese Schlacken Europas, einer reichen Welt, die sich bei ihren tödlichen Schlemmereien die Leber krank stopft. Ihr bombardiert uns mit diesem Wohlstand, der von den Bildschirmen tropft, und ihr wollt, dass wir dort unten bleiben, von Kindesbeinen an abgestellt wie Rentner, dass wir uns den Arsch aufreißen und trotzdem vor Durst und Hunger krepieren, nur einige Kilometer von euren Fresssälen entfernt, und ihr schließt die Türen vor unserer Nase und verbietet uns, in euren Zwinger zu kommen, und ihr baut Mauern, aber wir linken euch. Wir linken jede Mauer. Es gibt nichts Menschlicheres, als die Dummheit zu linken. Und wenn ihr in meiner Leiche weiße Würmer findet, pflegt sie gut. Sie werden bald Raupen sein und Schmetterlinge. Sie werden sich in tausend Ungetüme verwandeln, die den Himmel bedecken auf der Suche nach unseren Seelen, nach uns, den im Sand Zurückgelassenen, die dutzend- und bald hundertfach von den Fluten an eure Ufer geworfen werden, von den eigenen Tränen hingespült, wegen fehlender Zuneigung erfroren, aus mangelndem Mitleid verhungert.

Unser Heer steht am anderen Ufer, zu allem bereit, und jede Nacht wird euch ein Trupp müde machen, wenn ihr die toten Soldaten zählen, identifizieren und begraben müsst, oder sie zurückschickt, bevor der zweite Trupp kommt, dann der dritte und so weiter, bis ihr überflutet seid, bis ihr nicht mehr könnt, denn ihr unterstützt lieber diejenigen, die uns das Blut aussaugen, statt uns zu helfen, mit den Tyrannen fertig zu werden. »Das lässt sich leicht sagen«, ruft ihr in euren lügenumflorten Reden, aber jetzt ist Schluss, wir glauben euch nicht mehr, wir werden euch nie mehr glauben. Ihr seid die Komplizen der Mörder. Heute Abend kehre ich nach Hause zurück. Ich werde mich vor den Zug schmeißen, weil ich nicht die richtige Visage habe und weil mein Schatten auf die Schlange von einem Polizisten vor mir fällt, der sich im Supermarkt des Hasses gern seine Sporen verdienen würde und nur davon träumt, einen Illegalen zu erwischen, einen dreckigen Araber oder irgendeinen anderen Kanaken. Wenn schon einer verrecken muss, dann heute Abend oder nie.

Aus unserem Verlagsprogramm

Maurizio Maggiani
REISENDE IN DER NACHT / Roman
Deutsche Erstausgabe / Gebunden / 224 Seiten
ISBN 978-3-89401-534-3
Seine Figuren sind alle unterwegs, ob auf der Flucht, im Exil oder auf Wanderschaft, wie Reisende in der Nacht, auf der Suche nach Schönheit. Ein Roman über Gerechtigkeit und menschliche Würde.
»Wie hierzulande Wilhelm Genazino beherrscht der italienische Autor Maggiani die Kunst, vom Detail eines Schuhs auf das Ganze einer Lebensgeschichte zu schließen. Behutsam erarbeitet er sich einen Rahmen für das Erzählenswerte, gnadenlos genau beobachtet er dabei den Seelenzustand seiner Figuren.« *Der Spiegel*

Etel Adnan
VON FRAUEN UND STÄDTEN
Deutsche Erstausgabe / Gebunden / 128 Seiten / ISBN 978-3-89401-477-3
Aus Barcelona, von der griechischen Insel Skopelos, aus Murcia, Amsterdam, Berlin, Rom und Beirut schreibt die libanesische Künstlerin und Weltbürgerin Etel Adnan.
»Genau können wir ihr in ihren eigensinnigen Briefen zuschauen und werden mitgerissen – von ihrer intellektuellen Kraft, ihren Emotionen, den poetischen Bildern und dem Willen, die Welt zu begreifen.«
Deutschlandradio Kultur

Gail Jones
DER TRAUM VOM SPRECHEN / Roman
Deutsche Erstausgabe / Geb. mit SU / 224 Seiten / ISBN 978-3-89401-491-9
Alice Black wächst auf im ländlichen Australien mit Kohlengruben und Kängurus in einer »recht netten Familie«. Auf einer Studienreise in Paris lernt sie Mr. Sakamoto kennen, der als Kind den Atombombenabwurf überlebt hat. Zwischen beiden entsteht eine zauberhafte Freundschaft, die durchdrungen ist von ihrer Begeisterung für die Erfindungen der Moderne.
»Die Lektüre dieses Buches ist nicht nur wegen der ausdrucksstarken Sprache ein Hochgenuss, es fasziniert durch seine oft überbordende Fülle an Assoziationen und Verknüpfungen von Poesie und Technik. Man wird sich an diesen zauberhaften Roman erinnern.« *Lesart*

www.edition-nautilus.de

Aus unserem Verlagsprogramm

Gerd Fuchs
DIE AUSWANDERER / Roman
Originalausgabe / Gebunden / 256 Seiten
ISBN 978-3-89401-407-0
»Gerd Fuchs erzählt mit großer Tiefenschärfe vom Ende des 19. Jahrhunderts, als die Neue Welt Erlösung von Armut, Demütigung und Verfolgung verhieß. Ein vielschichtiger, spannender Roman über das Abenteuer Auswanderung, über Ängste und Sehnsüchte, psychologisch scharfsinnig und mit genauer geschichtlicher Kenntnis geschrieben.« *Uwe Timm*

Frank Witzel
BLUEMOON BABY / Roman
Originalausgabe / Gebunden / 318 Seiten
ISBN 978-3-89401-376-9
»Paranoia verkuppelt bekanntlich alles mit allem, sodaß entlegenste Ereignisse zusammenwachsen. Deshalb ist sie nicht nur als Krankheit so erfolgreich, sondern auch als Erzählgerüst. In dieser großen Tradition bewegt sich Witzels Roman Bluemoon Baby, der die beiden Stoffkreise moderner Kontrollphantasien, Geheimdienst und Wahnsinn, zu einer bizarren Geschichte mischt.«
Jutta Person, Süddeutsche Zeitung

Maurizio Maggiani
KÖNIGIN OHNE SCHMUCK / Roman
Deutsche Erstausgabe / Gebunden / 414 Seiten / ISBN 978-3-89401-375-2
»Das Leben ist trotzdem schön, lautet der Befund, wie in Roberto Benignis Film ›La vita è bella‹. Wenn Maurizio Maggianis neuer Roman Königin ohne Schmuck so viel Zuversicht verkraftet, ohne ins Naive abzurutschen, so liegt das einzig am großen Erzähltalent, das hier mit heiterer Akribie eine Handvoll Figuren in allen Farben schildert.«
Neue Zürcher Zeitung
.»Geschrieben in einer fast märchenhaft-schwärmerischen Sprache, zeichnet Maggiani ein faszinierendes Portrait von Genua …«
Kunst & Bücher

www.edition-nautilus.de